나의 직업은
육아입니다

나의 직업은 육아입니다

경단녀에서 작가가 된
엄마의 육아 극복기, 그리고 꿈 이야기

이고은 지음

P 프로방스

들어가는 글

직장인들은 출퇴근 시간, 점심시간이 확보되어 있잖아요. 엄마들은요, 그런 거 없어요. 아기가 남긴 밥으로 대충 끼니를 때우는 경우도 많고 아이가 잠든 시간에는 밀린 집안일을 해야 해요. 정정당당하게 쓸 수 있는 휴가도 연차도 없고요. 온종일 누구보다 힘들게 일하지만 급여도 없어요. 몸이 아파도 병가도 없네요. 아파도 아플 수가 없어요.

그러나, 이 힘든 육아라는 직업을 버티게 하는 존재가 있죠. 바로 아이입니다. 아이를 보며 엄마는 이런 생각을 하고는 해요.

'너 때문에 산다.'
'엄마는 너만 보고 산다.'
'너는 엄마 인생의 전부야.'

이렇게 아이만 바라보고 살다 더는 엄마의 손길을 필요하지 않게 되면 많은 엄마가 주부우울증을 경험한다고 해요. 평생을 자식과 남편을 위해 희생해 온 엄마에게 공허함이 찾아옵니다.

자신의 인생을 뒤로하고 자식과 남편을 위해 오로지 희생만 해온 엄마의 삶.

많은 엄마가 '엄마'라는 직책 뒤에 숨겨진 본인의 진짜 이름을 꺼내지 않고 살아요.

저 역시 평범한 엄마였어요. 엄마라는 것 말고는 내세울 게 없었죠. 문득, 내 이름을 불러주는 이가 없다는 사실에 서글펐던 어느 날 남편에게 '자기야'라는 호칭 말고 이름을 불러 달라고 부탁했습니다. 나를 찾고 싶었던 걸까요? 아니면, 미리 찾아온 주부우울증이었을까요?

엄마의 감정 온도에 따라 가정의 온도도 달라진다고 하죠. '엄마가 당당하고 행복해야 가정에 평화가 온다.'라는 뜻도 될 거예요. 행복한 가정의 모습을 지키기 위해, 나 자신의 모습을 지키기 위해 다시 꺼내 보았습니다.

10년 전부터 마음의 구석진 공간에서 지내고 있던 '작가의 꿈'을 말이죠. 저에겐 기적이었어요. 책 한 권 분량을 쓰고 출판사의 문을 조심스레 두드린다는 것이 말이에요.

평범한 엄마, 평범한 아내가 작가가 된다는 것.
멋지고 뿌듯한 일이에요.
제가 느끼고 있는 이 감정, 이 행복을 여러분도 느껴보셨음 좋겠어요. 꼭이요.

진짜 나를 찾으세요.

나로 살아가는 시간을 가지세요.

'힘든 육아'가 아닌, '행복한 육아'가 될 수 있기를 바랍니다.

대한민국 모든 엄마가 꿈을 찾고 꿈을 이루었으면 좋겠습니다.

저도 했으니까, 여러분도 할 수 있어요.

로이와 리아 엄마라서 행복한,

꿈을 찾고 꿈을 이루어서 행복한,

이고은 드림.

차례

chapter 1

육아가 직업이라고요? :
배움과 느림의 미학

부록

성장하는
엄마 되기

육아가
직업이라고요? :

배움과 느림의 미학

＊ 엄마도 강아지를 무서워할 수 있는 거잖아요 :
내가 지켜줄게

"엄마, 어디 어디?"
"이리 와 봐. 저기 저기, 고양이 보이지?"

부엌에서 일하다 창문으로 고개를 돌렸는데 마당에 고양이가
보였어요. 저는 아이들에게 보여주기 위해 소리쳤어요.
"고양이다!!!"
아들은 신발을 신고 마당을 뛰쳐나간 후 고양이를 내쫓았어요.
"로이야, 그냥 두지. 왜 쫓아내?"
"아! 엄마가 고양이 무서워하니깐."

저는 동물을 귀신만큼이나 무서워해요. 어릴 적 놀러 갔던 이

모 집에는, 아주 작은 귀여운 푸들이 있었어요. 어찌나 애교도 많고 예쁘던지, '아. 이래서 이모네 식구들이 진짜 가족처럼 생각하는구나!' 싶었죠. 아주 잠깐, 이모 집에 혼자 있게 된 적이 있어요. 아니, 엄밀히 말하면 푸들과 단둘이 집에 남아 있었죠. 왜 그런지는 기억이 안 나지만, 아무도 없는 집에서 저는 푸들에게 쫓기고 있었어요.

월월월! 무섭게 짖으며 쫓아오는 그 개의 이빨을 보니 몸이 로봇처럼 딱딱하게 변하면서 차가워지는 것 같았어요. 공포가 온몸을 휘감았던 그때 그 느낌은 아직도 잊히지가 않아요. 글을 쓰는 지금도 그때의 기억 때문에 온몸에 소름이 돋네요.

소파 위로 도망갔는데, 요것이 소파까지 올라오더라고요. 식탁 위로 도망갔더니 이런, 식탁 의자를 밟고 따라 올라왔어요. 옆에 있는 싱크대가 눈에 들어온 저는, 식탁에서 싱크대로 점프해서 넘어갔습니다. 그는 식탁에서 짖어대다가 싱크대까지는 따라오지 못하고 바닥으로 내려갔어요. 아주 짧은 시간 그와의 추격전은 끝났지만, 여전히 그 개는 저를 보며 으르렁거리고 있었어요.

누군가가 집에 들어오면서 긴장되는 대치 상황은 마무리되었어요. 그의 이빨과 으르렁거리던 소리가 어찌나 충격적이었는지, 누가 들어왔는지도 기억이 나지 않아요. 내 생애 가장 무서웠던 공포, 지금도 그때 생각을 하면 온몸에 소름이 돋을 정도의 공포였다는 건 확실히 기억하게 되네요.

끔찍했던 기억 때문에 저는 반려견을 비롯한 모든 동물이 다 무서워요. 아무리 작고 순한 동물이라 해도, 언제 나를 공격해 올지 모르기 때문에 두려워요.

"우리 강아지는 안 물어요." 말하는 견주에게,

"당신은 주인이니까 안 무는 거예요."라고 말해 주고 싶어요.

"우리 강아지는 순해요." 말하는 견주에게,

"순한 이 강아지도 날카로운 이빨을 가졌군요."라고 말해주고 싶어요.

"우리 강아지는 목줄을 했어요." 말하는 견주에게,

"목줄 길이가 3m가 넘어 강아지가 인도 전체를 활보하던데, 목줄을 했다고 봐야 하나요?" 라고 물어보고 싶어요.

"네가 무서워하니까 개들도 알아보고 너한테 더 그러는 거야." 말하는 남편에게,

"무서운데 안 무서운 척을 어떻게 해? 온몸이 바르르 떨리면서 몸을 못 움직이겠는데."라고 말해 주고 싶어요.

한번은 캠핑장에서 저녁을 먹은 후, 한 손으로는 막내를 태운 유모차를 끌고 다른 한 손은 첫째 아이 손을 잡고 양치질을 하러 세면장으로 가는 길이었어요. 저쪽에서 개 짖는 소리가 들렸어요. 무섭게 짖는 소리가 두려웠지만 멀리서 나는 소리이니 최대한 무섭지 않은 척, 그리고 캠핑장이니 목줄이 채워져 있을 거라는 생각으로 신경 쓰지 않으려고 노력하며 걸었어요. 세면장에 다다를 때쯤 첫째는 먼저 세면장으로 뛰어 들어갔고 개 짖는 소리는 점점 크게 들려오더니

"안 돼. 일루 와!"라는 견주의 외침이 뒤이어 들렸어요. 불길한 생각에 고개를 돌리자, 짖고 있던 개가 유모차를 끌고 있는 제 쪽을 향해 빠른 속도로 돌진해 오고 있었어요! '주인이 잡겠지.' 생각했지만, 주인은 강아지를 잡지 않았고 자리에 앉아서 오라고만 말하고 있었어요. 저는 유모차에서 손도 떼지 못한 채 비명을 지르며 그대로 주저앉았어요. 어렸을 적, 저를 보고 이빨을 드러내며 으르렁거렸던 푸들 앞에서 그랬던 것처럼, 온몸이 바들바들 떨렸어요. '그 개, 아까부터 짖었던 그 개, 안 무서운 척하며 앞만 보고 갔는데 왜 나를 공격하는 거지?'라는 생각을 할 때쯤 누군가의 목소리가 들렸어요.

"여보쇼! 개 목줄도 안 채우고 캠핑장을 이용하면 어떡합니까?

많은 사람이 다 같이 있는 곳이잖아요! 개 때문에 사고 나면 책임질 거예요?" 세면대에 있던 아저씨가 강아지 주인에게 화를 내며 저를 대변해 주셨어요. 저는 화를 낼 기운도 고마워할 기운도 없이 주저앉아 있었어요.

"우리 와이프도 강아지 무서워해요. 애 엄마가 많이 놀랐죠?" 아저씨는 저에게 다정하게 말을 걸어 주셨고 옆에 있던 아내분도 제 감정을 진심으로 이해하고 위로해 주셨어요. 눈물이 핑 돌면서 정신이 들더라고요. 정말 고마웠어요.

저 멀리 신랑이 보여요.

"오빠. 나 진짜 무서웠거든? 오빠가 무섭지 않은 척하라고 해서 그렇게 했는데, 신경을 안 쓰고 앞만 보고 갔는데, 그 개는 왜 나를 공격했을까?"

"나도 봤어. 개가 갑자기 뛰어나오더라. 개도 그냥 아나 봐. 자기가 무서워한다는 거. 근데 무서워할 거 없어."

지금도 눈물이 나오려고 하네요. 저는 강아지를 안 무서워하려고 노력했는데, 왜 그런 일이 생겼던 걸까요? 저도 강아지를 무서워하기 싫은데, 왜 강아지를 무서워하냐며 무서워할 필요가 없다는 신랑에게 뭐라고 이야기해 줘야 할까요?

〈개 공포증 - 특정 공포증 중 하나이며, 개에 대한 특별한 공포증이 있는 것을 말한다. 개 공포증을 앓는 이유는 여러 가지가 있지만, 직접적으로 물리거나 하는 경우가 많다.〉

공황장애, 폐소 공포증처럼 개 공포증은 없을까 생각하며 검색해 봤어요.

혹시 개 공포증이 있으신가요? 반려견이 많은 요즘, 개 공포증은 여러 가지 이유로 삶의 질을 떨어뜨려요. 엘리베이터 안에 강아지가 타고 있으면 엘리베이터를 타기가 꺼려지고, 공원에서 목줄이 길게 늘어나 있는 강아지를 보면 가까이 못 가겠고, 목줄을 하지 않고 산책을 하는 견주를 보면 화가 치밀어 올라요. 나 같은 사람은 어떻게 다니라는 건지, 화가 나는 저 자신이 싫어지기도 해요. 지인의 집에 놀러 갔는데 강아지를 키우고 있으면 그 집은 다시 가기가 두려워요. 이 모든 것이 개 공포증에서 비롯되었고 일상생활에 상당한 불편을 초래해요.

'강아지를 무서워하지 않는 방법이 있을까? 갓 태어난 강아지를 키우면 정이 들어서, 크고 나서도 안 무섭지 않을까?' 강아지를 무서워하는 거지, 싫어하는 게 아니었기에 키울 생각까지 했지만, 생명을 책임져야 하는 일이기에 신중해야 했어요.

마당이 있는 집으로 이사 온 후 이제는 길고양이가 문제였어요. 고양이는 강아지처럼 저를 공격한 적이 없어서인지 조금은 덜 무섭더라고요.

우리 아이들은 저처럼 동물을 무서워하지 않기를 바라고 있어서 마당에 고양이가 나타나면 항상 불러서 보여줬어요. 친숙해지길 바라는 마음이었죠. 그런데 엄마가 동물을 무서워하는 걸 눈치챈 아이들은 엄마를 위해 고양이를 내쫓으면서 말합니다.

"엄마, 무서웠지? 내가 지켜줄게."

동물을 무서워하지 않고 지내는 것만으로도 감사한데, 엄마를 지켜주겠다는 그 마음은 더 고맙고 사랑스러웠어요.

그리곤, 속으로 생각합니다.

'아빠보다 낫네.'

삶의 방식은 결의가 아니다.
연습이다.

- 김난도. 아프니까 청춘이다. 쌤앤파커스 -

걸음마를 시작한 동생의 손을 꼭 잡아주는 든든한 오빠

✎ 사람마다 특별히 무서움을 느끼는 것들이 있어요. 저는 강아지에 유난히 공포심을 느낍니다. 당신은 무엇에 공포심을 느끼나요?

ex) 귀신, 밀폐된 공간

✎ 그것을 무서워하게 된 계기는 어떤 건가요?

ex) 예전에 공포영화를 보고 or 엘리베이터에 갇힌 적이 있어서

✎ 저는 강아지를 무서워해서 공원을 산책하는 것이 너무 힘들어요. 산책 나온 강아지들을 보면 너무 무섭거든요. 당신도 무서워하는 무언가가 삶에 지장을 주는 경우가 있나요?

ex) 늦은 밤 혼자 엘리베이터를 타면 무서움에 주변을 두리번거린다.

삶에 지장을 주는 그 공포심을 이기기 위해 어떤 노력을 했으며, 앞으로 어떤 노력을 더 할 예정이신가요?

ex) "귀신아, 저리 가!"라고 소리쳐 본 적이 있다. 앞으로 놀이동산에 있는 귀신의 집에 도전해 봐야겠다.

* 내 아이들은 자연인 :
시간이 조금 걸리겠죠?

"우리, 캠핑 어디로 갈까?"

"바다로 가요! 아빠, 우리 모래놀이 하러 가자!"

캠핑 장소를 고민하던 우리 부부는 아들의 말에, 모래놀이를
할 수 있는 바다로 떠납니다.

"캠핑가자. Let's go"

바다에 도착해서 챙겨온 짐들을 정리하는 사이 아이들은 모래
위에 자리를 잡고 앉아서 챙겨온 장난감을 풀고 놀기 시작합니다.

"여보, 애들 좀 봐봐."

"하하하! 귀엽다."

둘째가 의사소통이 가능해지자, 남매는 같이 노는 법을 조금씩 터득해 가고 있어요. 주거니 받거니 대화하며 노는 모습이 어찌나 귀여운지, 보기만 해도 흐뭇한 미소가 지어졌답니다. 남편에게 뒷정리를 맡긴 채 저는 아이들에게로 갔어요. '재미있게 잘 논다.' 생각하고 있을 때, 아이들은 모래에 누워 놀기 시작하더군요.

'으악!' 마음속으로 외쳤어요. '모래에서 저렇게 뒹굴면 머리 사이사이, 옷 사이사이에 모래 다 들어가서 씻기고 옷 갈아입어야 하는데. 도착하자마자 저러면 어떡해.' 하지 말라고 당장 말리고 싶었지만, 아이들을 말릴 수 있는 그럴만한 이유가 없었어요.

'말을 할까, 말까? 어떡하지?' 고민하는 사이에 아이들은 더 해맑게 웃으며 놀고 있어요. 그 모습에 저도 덩달아 웃어버렸고 고민은 그렇게 끝이 났어요. 아이들은 더 격하게 더 즐겁게 모래와 하나가 되어 놀았습니다.

'그래. 씻기고 옷 갈아입히면 되지 뭐.'

그날 저녁, 술 한잔하면서 남편과 나눈 대화 내용이에요.

"진짜 좋다. 애들도 너무 잘 놀고."

"그러니까. 우리 다음에도 모래놀이 할 수 있는 바다로 가야겠어."

"그래. 그냥, 여기 또 오자."

남편은 아이들과 참 잘 놀아줘요. 그래서 아이들이 아빠를 좋아해요. 저 역시 그런 모습이 보기 좋아요. 문제는, 아빠가 아이들과 놀아주고 나면 치우는 게 더 손이 많이 간다는 거예요.

저만 그런가요? 뒤처리가 놀이보다 힘들어질 것 같으면 전 그 놀이를 잘 안 해요. 그런데 아빠는 뒷정리는 생각 안 하고 놀아주니 다양하게 놀아주더라고요.

그런 아빠는 이제 갯벌에 조개 잡기 체험을 시도합니다. 우리 아들, 처음 갯벌에 갔을 때는 몇 발자국도 못 걷고 울음을 터트렸었거든요. 그래서 안고 다니며 남들 조개 캐는 모습만 보여주고 왔었는데, 다시 찾은 갯벌에서는 옷을 갈아입자마자 쏜살같이 갯벌을 향해, 그리고 갈매기를 향해 뛰어갑니다. 아들이 뛰는 대로 날아가는 갈매기의 모습이 그림처럼 예뻤어요.

이번에도 갯벌에서 털썩 주저앉아서 노는 아이들을 보며 '그래, 어차피 씻을 거 차라리 실컷 놀아.'라는 마음으로 응원해 주었지요.

"우와! 로이랑 리아가 갯벌에서 엄청 재미있게 노는구나."

이리 뛰고 저리 뛰고 자연과 하나가 된 듯한 모습에, 옷 더러워지는 것도 씻어야 하는 것도 뒷정리도 생각하지 않았어요. 행복해하는 모습에 감사한 마음이 들었습니다.

신나게 논 후에는 정리하느라 난리예요. 옷은 잘 벗겨지지도 않고, 아무리 빨아도 모래가 끊임없이 나오고, 머릿속에서도 계속 모래가 나오고…….

'아, 뒷정리 정말 힘들다.'라는 생각이 들 때쯤, 아이들이 말합니다.

"엄마, 내가 뛰어갔거든? 그런데 갈매기가 저기로 날아가는 거야."

"엄마, 내가 엄청 빨리 뛰어갔지?"

"엄마, 이것 봐봐. 이거 조개 엄청 크다!"

"우리, 조개로 요리해 먹자."

"우리, 이걸로 뭐 해 먹을 거예요?"

"아빠! 아빠! 아빠! 이것 봐봐! 이거 내가 잡은 거지요?"

온몸이 진흙투성이인 아이들은 계속 종알종알 쉬지 않고 이야기해요. 그리고 제가 물어봅니다.

"재미있어요?"

"네!!"

"그럼, 조개 캐러 또 오고 싶어요?"

"네!!"

'그래. 그깟 수영복에 모래 조금 있으면 어때? 모래 좀 씹어 먹으면 어때? 이렇게 좋아하는데.'

저는 다양한 경험을 많이 하지 못하고 자랐어요. 새로운 도전을 두려워하는 사람이었고 틀에서 벗어나는 걸 싫어했어요. 계획에 어긋나면 짜증부터 났죠.

그런 제 아이들은 자연인이 되었어요. 바다로 가면 바다에서, 갯벌을 가면 갯벌에서, 산에 가면 산에서, 두려운 것도 없고 망설이는 것도 없어요. 호기심이 많은 아이는 그냥 머릿속에서 시키는 대로 뒷일은 생각하지 않고 바로 행동으로 옮깁니다. 처음에는 이런 모습이 참 힘들었어요. 그런데요, 지금은 너무 감사해요. 자연인답게 노는 아이들에게 정말 고마워요.

가장 최근에 있던 일이에요.

"아빠, 여기 뱀이 있어요."

"아빠, 일로 와 봐요. 뱀이 있어요."

남편은 바로 아이들에게 갔어요. 저도 '뱀이 아니라 엄청나게 큰 지렁이겠지.' 생각하며 뒤따라갔어요. 그런데, 차 밑에 있는 그것은, 정말 뱀이었어요. 아주 작은 새끼 뱀이었고, 차 밑에 있어서 잘 보이지도 않았는데 어찌 발견했는지…. 남편이 나뭇가지로 뱀을 건드렸더니 혀를 날름거리며 공격하더라고요.

　"이거 독사다. 그런데 꼬리에서 피가 난다. 다쳤나 봐."

　그 순간, 저는 너무 무서웠어요. 아이들이 가까이에서 보고 있었거든요. 뱀을 실제로 볼 수 있는 일이 흔하지 않으니까 뱀을 자세히 보여주고 싶은 마음과 위험하니 자리를 피해야 한다는 마음이 동시에 들어 이러지도 저러지도 못하고 있을 때 남편의 목소리가 들렸어요.

　"자기야. 나무젓가락 가지고 와 봐."

　"왜?"

　"애 살려줘야겠어."

　저는 후다닥 나무젓가락을 들고 왔고, 남편은 나무젓가락으로 뱀을 들고는 강 근처로 갔어요. 아이들은 뱀에서 눈을 떼지 못하고 아빠를 따라나섰어요.

　잠시 후,

　"엄마! 우리가 뱀 살려 주고 왔어."

"정말? 대단하다. 뱀이 정말 고마워하겠다."

작은 벌레도 무서워하는 저는 아직도 손이 떨려요. 뱀이 혀를 날름거리며 공격하는 모습을 봤거든요. 혹시나 아이들에게 그랬으면 어떡했을까 생각만 해도 끔찍해요.

"그런데, 너희 뱀 안 무서웠어?"

"네. 안 무서워요."

"뱀은 독이 있어서 위험해. 아빠, 엄마한테 바로 말해야 해."

"바로 말했는데?"

(아… 맞네)

"그래, 잘했어."

벌레, 곤충과도 적처럼 지내는 엄마인 저는, 아이들을 위해 자연과 가까이 지내는 법을 배워야겠습니다. 시간이 조금 걸리겠죠?

네 경험을 통해 삶의 지혜를 배우거라.

세상에서 가장 훌륭한 지혜는 몸소 겪은 경험에서

나온다는 사실을 잊지 말거라.

– 윤태진. 아들아, 삶에 지치고 힘들 때 이 글을 읽어라. 다연 –

갯벌에서 조개를 찾고 있는 모습

아이와 함께 드라이브하고 있다고 상상해 보세요. 가는 길에 바다가 보여 잠깐 해변을 산책하기로 합니다. 아이는 너무 신이 나서 신발은 신은 채 바다를 향해 뛰어갑니다. 그 바람에 신발이 다 젖었어요. 이때, 엄마가 아이에게 한마디합니다. 과연, 당신은 아이에게 무슨 말을 할까요?

ex) "엄마가 들어가지 말랬지!", "신발이 다 젖었잖아.", "바닷물 어때? 차갑니?"

위 상황에 엄마가 아이에게 한 한마디는 엄마를 위한 한마디였을까요? 아이를 위한 한마디였을까요?

✎ 같은 상황 아이는 엄마에게 무슨 말을 듣기를 원했을까요? 다시 시간을 돌려 엄마가 아이에게 한마디를 해 준다고 하면, 아이에게 어떤 말을 해 주실 건가요?

ex) "바다를 보니 들어가고 싶었니? 들어가 보니 어때?", "엄마도 들어가고 싶은데 물이 차가울까 봐 못 들어갔어, 로이는 용기 있게 들어가 봤구나."

* 하루만이라도 보고 싶어 :
누구를 위한 거실인가?

"자기야. 우리 주택으로 이사하면 이제 텔레비전 없애고 거실을 서재로 꾸며 볼까?"

"안 돼. 거실에는 소파랑 텔레비전이 있어야 해."

"왜? 어차피 우리 텔레비전 잘 보지도 않잖아."

"자기, 가정 보육하면서 텔레비전 없으면 힘들걸?"

"아니! 나 애들 텔레비전 안 보여주거든?"

"아무튼, 알았어. 생각해 보자."

집에 변화를 주고 싶어 아이들 방에 있던 책장 하나를 거실로 이동했어요. 그리고 그 앞에 책상을 두었지요. 그랬더니 그곳은 아이들의 아지트가 되었어요. 놀이방에 있던 장난감을 다 가지고 나와 놀았고, 놀다가도 스스로 책상에 앉아서 책을 꺼내 보았답니다. 그 모습이 어찌나 예쁘던지, 거실에는 텔레비전과 소파가 마주 보고 있어야 한다는 고정관념을 가지고 있던 저지만, 거실을 서재로 만들고자 다짐했어요.

책을 가까이하는 어느 유명 연예인의 과거를 보니, 어릴 때부터 집에는 책이 가득했고, 독서가 일상생활이었으며, 그날 읽은 책을 주제로 식사 자리에서 가족과 함께 독서 토론을 했다고 해요. 얼마나 아름다운 모습인가요.

성공한 사람들의 이야기를 담은 책을 읽어 보면 어릴 때부터 책을 가까이하고 책과 친하게 지냈더라고요. '성공한 인생'과 '책'이 얼마만큼 연관성이 있는지는 알 수 없지만, 성공한 사람 중 책을 멀리한 사람은 없었어요. 책을 읽으면 읽을수록, 아이가 커 가면 커 갈수록, '거실 서재화'를 꼭 만들어야겠다 싶었죠. 아이가 책과 친해질 수 있도록 제가 해 줄 수 있는 건 환경을 만들어 주는 것이었어요.

"자기야. 거실 서재화 생각해 봤어?"
"손님들 오면 소파에 앉아서 텔레비전이라도 봐야지. 아무것도 없으면 멀뚱멀뚱 뭐 하고 있어?"

"아니! 우리 집인데 왜 손님을 생각해서 집을 꾸며야 해? 그리고 코로나19 상황이야. 이게 끝나기 전에 손님 부르지도 않을 거야."

"나도 퇴근하고 오면 소파에서 좀 쉬고 싶은데, 쉬는 공간이 되어야지."

"침대에서 쉬면 되지!"

"나는 소파에 누워서 애들 노는 거 보는 게 쉬는 거야. 내가 쉰다고 방에만 틀어박혀 있으면 그것도 안 되잖아."

"그럼 소파는 두고 텔레비전만 치우자."

"아예 치우는 건 안 돼. 올림픽이나 월드컵이라도 하면 가족이 모여서 봐야지."

"그럼 텔레비전은 2층에 설치하자."

"2층에 텔레비전 연결하는 단자나 선이 들어오는지도 확인해 봐야 해."

"그럼 가서 확인하고, 있으면 2층에 텔레비전 설치하기다!"

"알았어. 확인하러 가 보자."

텔레비전을 없앨 수는 없으니 2층으로 올리고, 소파는 거실에 두는 걸로 남편과 타협을 봤어요.

이런, 맙소사! 우리 집, 2층에 텔레비전 연결이 불가능한 집이래요. 결국, 거실에 텔레비전과 소파가 마주 보고 자리를 잡았네요.

뉴스를 봐야 세상 돌아가는 걸 안다고 하는, 텔레비전을 아예 없앨 수는 없다는 남편입니다. 맞아요. 틀린 말이 아니에요. 심지어 책과는 거리가 너무도 먼 사람이기에 포기할 수 없을 것 같아요. 텔레비전이 무조건 나쁜 게 아니라는 말 역시 인정합니다.

"무조건 미디어 노출이 나쁜 건 아니다. 잘 활용하면 좋다."

그 무렵, 유아기에 영어를 노출해 주는 환경이 중요하다는 이야기를 듣게 되었어요. 영어 노출을 위해 유튜브의 힘을 빌렸습니다. 유튜브를 잘 활용하기 위해서 저는 영어 그림책을 읽은 후 관련된 영상을 찾아보는 계획을 했어요. 그런 저의 의도와 달리, 중간에 나오는 광고와 화면 아래쪽에 나오는, 불필요한 다른 영상들이 아이들의 시선을 빼앗아 갔어요. 아이들은 밑에 나오는 화면의 이것저것을 보자고 떼를 썼고 결국, 영어 공부와 전혀 관련이 없는 영상들까지 보게 되었어요. 그래도 엄마인 제가 영어를 잘하지 못하니, 영어가 노출되는 환경을 아이들에게 잘 마련해 주고 싶었어요.

"오늘은 이것만 볼 거야. 이것만 보고 이제 끌 거예요."라고 이야기를 했지만, 역시나 한바탕 전쟁을 치른 뒤에나 끌 수 있었어요. 다른 방법을 써도 마찬가지였어요.

아이들이 처음부터 떼를 쓴 건 아니었어요. 영어 노출 때문에 시작한 미디어 노출인데, 다른 채널을 보여 달라고 떼쓰는 아이들을 보며 과연 뭐가 맞는 걸까? 생각하게 되었어요. 확실한 것은 저는 미디어를 효과적으로 사용하는 방법을 모른다는 거예요. 한두 번의 영어 노출을 위해 다른 불필요한 영상을 여러 편 봐야 한다면, 분명 저는 미디어에 지배당하고 있다는 생각이 들었어요. 효과적인 미디어 활용 방법을 찾지 못했으니 악순환이 계속되고 있었던 거죠. 저는 미디어 노출을 멈췄습니다.

'거실 서재화'까지는 못가더라도 아이들에게 텔레비전을 보여 주지 않는 저의 의견을 남편은 존중해 주었어요. 남편이 유일하게 집에서 쉴 수 있는 공간, 소파는 양보해야 할 거 같아요. 텔레비전은 남편이 양보해 주면 좋겠네요.

오늘도 퇴근하는 남편을 붙들고 이야기하려고 합니다.

"자기야, '거실 서재화' 어떻게 생각해? 나는 하루만이라도 서재가 된 거실에서 살아 보고 싶어."

언젠가는 거실이 서재로 변신하는 날이 오겠죠?

진정한 의미에서 거실,
그러니까 '함께 사는 공간'
– 인바다, 나와 당신의 작은 공항, 푸른숲 –

거실에 둔 책장 앞에 마주 보고 앉아 책을 읽는 남매

아이를 키우면서 양보할 수 없는 나만의 육아법이 있으신가요?

ex) 영어 노출을 위한 영상을 제외하고 미디어 노출은 최대한 자제하려고 해요.

남편과 양육 방법 때문에 의견이 맞지 않는 경우가 있었나요?

ex) 아이들이 어렸을 때 저의 남편은 저를 '예민맘'이라고 했어요. 제가 보기엔 저는 정말 예민맘이 아니었는데 말이죠. 예민함의 기준을 두고 의견 차이가 많았어요.

아이를 위해 꼭 해 주고 싶은 게 있나요? 그 이유는요?

ex) 거실을 서재로 만들고 싶어요. 아이들이 책을 좋아하면 좋겠어요.

나를 위해 마련하고 싶은 공간이 있나요? 그 이유는요?

ex) '나만의 서재'를 갖고 싶어요. 지금 저의 독서 스팟은 주방 식탁입니다. 독서하기에는 제약이 많은 공간이죠. 노트북도 싱크대 수납장에 넣어 놨다가 꺼냈다가를 반복해야 합니다. 언제라도 책을 읽고 글을 쓸 수 있는 저만의 공간이 있었으면 좋겠어요.

* 아이가 저에게 한마디하고 가요 :
너와 나의 연결고리

'책 읽는 엄마의 모습을 일부러라도 보여 줘야 한다.'라는 여러 육아서의 가르침이 있지요. 그런데 책 읽는 모습을 일부러 보여 주려니 어색하기도 하고 책에 집중도 되지 않아 엄마의 책 읽는 모습을 숨겨두었어요.

그런데, 가정 보육을 하다 보니 틈틈이 책 읽는 엄마의 모습이 노출되기 시작했어요. 아직 글을 모르는 아이들이지만, 가끔 각자의 책을 들고 식탁에 모여 온 가족이 책을 읽는 시간도 가졌어요. 아빠의 책 속에는 휴대전화가 숨겨져 있는 경우도 있지만, 아이들 눈에는 책 읽는 아빠의 모습으로 보였고, 책 읽는 부모의 모습을 적극적으로 노출하기 시작했습니다.

책 읽은 부모의 모습을 노출하자 아이들은 빠른 속도로 변화하기 시작했어요. 스스로 책을 골라 와 읽어 달라고 하고, 잠자리 독서는 습관이 되었어요. 한번은 방에 들어간 아이들이 너무 조용해서 슬쩍 방문을 열어보니 나란히 앉아 책을 보고 있더군요. 아주 진지하게 집중해서 책을 보는 모습을 보며, '내가 왜 그동안 숨어서 책을 봤을까?' 후회되었어요.

책 뒷날개에 출판사의 다른 책들을 소개해 놓은 경우가 있죠. 아이가 그중 한 책을 가리키며,

"엄마, 이 책도 보고 싶은데 우리 집에 없지? 이거 빌리러 가자."라고 이야기해요.

"그래, 다음에 이 책 빌리러 도서관에 같이 가자." 흐뭇한 미소를 짓고 아이 머리를 쓰다듬으며 대답했어요. '그래. 정말 같이 가자. 꼭 같이 가자.' 속으로 다시 한번 되뇝니다.

그러고 보니 코로나19 전에는 아이들을 데리고 도서관도 많이 갔었는데 최근에는 저만 혼자 다녔어요.

"얘들아, 엄마가 금방 도서관에 가서 책 빌리고 올 테니까, 할머니네 집에서 잘 기다려 줄 수 있지?"라고 말하면 아이들은 "엄마,

책 빌리러 갈 거야? 조심해서 갔다 와.”라며 인사를 해 주었어요.

그리고 며칠 후, 약속한 대로 책을 빌리러 아이들을 데리고 도서관에 갔어요. 마스크를 쓰고 체온을 재고 난 후 입장했죠. 유아 도서관에 들어가 조용히 본인이 원하는 책을 잘도 가지고 왔어요.

‘책장에서 책을 다 빼놓으면 어쩌지? 마스크를 벗으면 안 되는데, 소리 지르고 뛰어다니면 큰일인데.’ 걱정은 걱정일 뿐이었어요.

도서관에서 돌아오는 길

“우와! 여기 놀이터 있다. 우리 놀다 가자”

“그래. 놀다 가자”

놀이터가 보이자 아이들은 신이 나게 미끄럼틀과 그네를 타며 놀았어요. 그런데, 조금 놀던 아이들이 갑자기 벤치에 앉아 빌려 온 책을 꺼내 보기 시작했어요. 놀이터를 앞에 두고 책을 보는 모습에 아이들과 도서관에 오길 잘했다고 생각합니다.

집에 와서는 아빠와 할아버지께 자기가 직접 고른 책이라며 자랑도 하더군요. 앞으로는 아이들과 꼭 함께 도서관에 가야겠다고 다시 한번 다짐합니다.

우리 아이들은 이제 저의 도서관 동행자가 되었고, 책은 아이들과 저를 연결해 주는 고리가 되었어요. 엄마의 취미가 독서일

뿐인데, 아이들도 책을 좋아하고 책과 가까이 지내니 기분이 좋았어요. 앞으로 평생 책을 손에서 놓지 않고 살아가고 싶어요. 아이들과 함께 말이죠. 읽던 책을 들고 아이가 뛰어와 저에게 한마디 하고 가요.

"엄마, 다음에는 이 책도 빌리러 가자."

,

항상 먼저 손을 내미는 쪽은
내가 아니라 아이들이었다.

– 새벽달. 아이 마음을 읽는 단어. 청림라이프 –

햇살 좋은 날. 놀이터 앞 벤치

✎ 아이와 함께하고 있는 특별한 취미가 있나요?

ex) 캠핑

✎ 아이와 함께하고 싶은 취미가 있다면 무엇일까요?

ex) 수영, 탁구 등

✎ 앞 질문에 대한 답을 시작하려면 무엇이 필요할까요?

ex) 유아 풀이 있어서 아이와 함께 배울 수 있는 수영장.

사회적 환경이나 상황 때문에 새로운 취미를 시작할 수 없다면, 집에서 함께할 수 있는 취미는 무엇이 있을까요? 아이와 함께 이야기해 보는 것도 좋은 방법일 것 같아요.

ex) 베이킹(요리하기) 등

* 아들의 첫 자전거 :
용기 씽씽!

"엄마, 한 바퀴 돌러 나가자."

마당 있는 집으로 이사 온 뒤 아이들이 많이 하는 말이에요.

"세수하고 나갈 때 입는 옷으로 갈아입어야지."

시간을 벌기 위해 말합니다. 빨리 나가고 싶은 아이들은 고양이 세수를 하고 옷을 입어요. 뒤집어도 입고 못 입고 들고 올 때도 있지만 두 남매는 빨리 나가기 위해 열심히도 움직입니다. 준비를 마친 아이들은 엄마를 뒤로한 채 신발 신고 마당으로 나가요.

"대문 밖으로는 절대 나가면 안 돼! 마당에서만 놀고 있어."라고 말하며 저도 급하게 준비를 시작해요.

첫째는 킥보드를 타고 나갈 준비를 하고, 아직 킥보드를 못 타는 둘째는 유아용 자전거에 앉아서 엄마가 밀어 주길 기다려요. 몇 번의 산책이 이어진 어느 날, 막내도 킥보드를 타기 시작했어요. 이제는 남매가 같이 킥보드를 타고 동네를 한 바퀴 돕니다.

"애들아, 이제 집에 가자."

"아니야. 한 바퀴 더 돌 거야." 그럼 제가 머리를 써서 집 쪽으로 방향을 틀며 얘기해요.

"우리 방향을 바꿔서 이쪽으로 갈까?" 집으로 가려고 한다는 것을 눈치챈 아이들은 이렇게 대답합니다.

"왜? 지금 집에 안 갈 거야."

"엄마! 우리 나갈게."

"안 돼. 있다가 엄마랑 같이 나가."라고 말을 하려고 했는데, 아이들은 이미 마당으로 나가버립니다. 사실, 마당에서 노는 모습은 부엌이나 거실에서도 훤히 보이기 때문에 걱정할 필요는 없어요. 대문 밖으로 나가지만 않는다면요. 이제 마당에서 노는 건 아이들이 선택해도 된다 생각했죠.

그렇게 나간 아들은 요즘 부쩍 동생이 타던 유아용 세발자전거에 관심을 가지기 시작했어요. 처음에는 밀어 달라고 하더니 이제는 페달을 밟으며 스스로 움직여요. 그 모습을 몇 번 본 남편과 저는 조만간 자전거를 사줘야겠다고 생각했죠.

남편은 "자전거를 사면 실외 보관해야 해서 금방 녹이 슬까 걱정이야."라고 말했고, 저는 "자전거를 타면 계속 넘어지고 다칠까 봐 걱정돼."라고 받아치며 차일피일 미루고 있었어요.

"아빠. 나도 형아들 타는 큰 자전거 타고 싶다."

어느 주말 아침, 아들이 말했어요. 고민만 하던 저희 부부는 아이 입에서 큰 자전거를 원한다는 말을 듣자마자 눈빛 교환 후, 당장 오늘 자전거를 산 후 공원에 가서 연습하는 계획을 세웠어요. 지역 카페에 올라온 유아용 자전거를 구입 후 근처 공원으로 갔습니다. 보호 장비를 채울 틈도 없이 바로 자전거에 올라타는 아들을 보며 '정말 타고 싶었구나. 오늘 나오길 잘했네.' 생각했죠.

아빠는 아들이 자전거를 안전하게 탈 수 있도록 도와주기로 하고, 저는 딸의 킥보드를 따라나섰어요. 잠시 뒤 아들은 혼자 자전거를 타고 페달을 구르며 함박웃음을 짓고 저에게 오고 있었어요.

'자전거에 혼자 올라타는 법을 알기는 알까?', '혼자 타다가 넘어지지는 않을까?' 엄마의 걱정을 한 방에 날려버렸어요.

사실, 저는 자전거를 못 타요. 여러 번 배웠지만, 매번 실패했어요. 페달을 밟아야 중심이 잡히고 안 넘어진다고들 하는데, 페달을 밟기가 두려워 매번 넘어졌어요. 저는 이번 생에는 자전거를 포기하였습니다.

자전거 배우기에 실패한 저와는 달리, 아들은 넘어져도 일어났고 또 넘어질 걸 두려워하지 않았어요. 넘어질 수 있다는 두려움보다 타고 싶다는 의지가 강한 아들을 보고 있자니 대견스러웠어요.

무언가에 도전하고 성공하기 위해서는 두려움을 넘어서야 한다는 것을 아이를 통해 배운 하루였습니다.

스스로 자신을 기대할 수 있다면
그것은 멋진 인생이다.

− 김종원, 인문학적 성장을 위한 8개의 질문, 나무생각 −

자전거를 처음 타던 날

무언가를 배울 때 계속해서 실패했던 경험이 있나요? 실패하게 된
가장 큰 이유는 무엇이라고 생각하시나요?

ex) 수영. 물에 빠질 수 있다는 두려움이 커서 매번 실패하는 거 같아요.

그 실패 이후, 다른 노력을 했나요?

ex) 배영에 도전해 봤어요.

실패를 통해 배운 점은 무엇인가요?

ex) 두려움을 없애야 성공할 수 있다.

* 행복한 육아 :
내가 얼마나 대단한 사람인지

느낌이 이상해서 임신테스트기를 했어요.

결과를 기다릴 때 그 마음, 아시죠?

설마.

설마.

바로 남편에게 전화를 걸었어요.

"오빠! 나 임신했나 봐!"

결혼 후 1년 정도는 여행 다니고 놀면서 신혼을 즐기기로 했어요. 그동안 레저도 하고 해외여행도 다니며 잘 놀았죠. 1년이 지나고 이제 아기를 가져야겠단 생각이 들었어요.

한 달,

두 달,

석 달,

넉 달,

다섯 달.

"실패야. 이번 달도 한 줄이야."

벌써 몇 번도 넘게 남편에게 한 말이에요. 임신이 이렇게 어려운지 알았으면 신혼을 즐기겠다는 생각은 하지 말 걸. 후회도 되고 점점 초조해지기 시작했어요.

'남들은 쉽게 잘만 되던데, 나는 왜 안 되는 거지? 임신이 이렇게 어려운 건가?'

'설마, 임신 못 하는 건 아니겠지?'

'계속 노력해도 안 되면 병원에 가서 검사를 받아야겠어.'라는 생각이 들었어요. 그렇게 몇 달이 더 지나서야 첫째를 임신하게 되었죠. 너무너무너무 행복했어요. 임신을 확인하자마자 여기저기 자랑한다고 바빴답니다. 안정기가 되면 소식을 알리는 사람들도 있지만 저는 마구마구 자랑하고 싶었어요. 많이 자랑한 만큼 축하도 많이 받았어요.

둘째 아기는 몸조리 끝나고 어느 정도 건강이 회복되면 바로 갖자고 남편과 이야기를 했어요. 아기를 원한다고 바로 가질 수 없다는 걸 잘 알았기 때문이에요. 아기를 못 가질 수도 있다는 불안감이 컸고 남편도 저와 같은 마음이었을 거예요.

첫째가 8개월 때, 또다시 임신 테스트를 했어요.

결과는 두 줄. 바로 남편에게 전화를 걸었죠.

"오빠! 나 임신했나 봐!"

"어? 뭐라고?"

"두…우…울째……어엉엉어엉!"

"뭐? 둘째? 임신이라고?"

"어헝허엉엉엉엉어엉어!"

"근데 왜 울어?"

"너무 좋아서!"

"나도 너무 좋다. 왜 울어~ 울지 마~"

전화를 끊고 나서도 한참 울었어요.

둘째 임신 사실에 너무 신이 난 저는 이번에도 여기저기 자랑했어요.

"어머? 벌써?"

"쌍둥이보다 힘든 게 연년생이래. 알아?"

"야! 너 계획한 거야?"

"둘째를??? 너 힘들어서 어떡하려고 그래?"

"진짜? 첫째도 아직 어리지 않아?"

'뭐지? 이 반응은?'

당연히 축하를 받을 줄 알았어요. 나는 행복해서 눈물을 흘렸는데, 주변 사람들의 반응은 첫째 때와는 너무 달랐죠. 무슨 나쁜 짓을 저지른 것처럼 위축되더라고요.

제가 힘들까 봐 걱정이 앞서 그랬던 걸 거예요. 그런데요, 이 세상에 연년생을 낳아 키우는 부모가 어디 한둘인가요. 얼마나 원하고 원해서 가진 생명인데, 축하보다는 걱정을 더 받은 작은 태아에게 너무 미안했어요.

맞아요. 연년생 남매를 키우는 건 쉽지 않아요. 저도 알고 있었어요. 많이 힘들 거라는 거.

그런데,

그러면, 외동아이 키우는 부모는 편한가요? 터울이 많이 나는 아이들을 키우는 부모는 편한가요? 외동이든 연년생이든 쌍둥이든 육아는 쉽지 않아요. 아무것도 못 하고 누워만 있는 아기를 키우는 일이 쉬울 수가 없죠. 내 아이를 키우는 건데 힘들다고, 어렵다고 포기할 순 없잖아요. 저는 연년생 남매를 키우는 일이 어려울 거라며, 축하보다 걱정을 많이 했던 사람들에게 꼭 그렇지만은 않다는 것을 보여 주고 싶었어요. 사랑스러운 아이들을 정말 잘 키우고 싶었어요.

두 아이를 가정 보육한다고 하면 다들 "힘들겠다.", "힘내!", "대단하다."라고 말해요. 사실 그렇지도 않은데 말이죠.

등원 시간에 맞추느라 아침에 자는 아이들을 깨워 전쟁을 치를 필요도 없어요. 아침잠이 많은 저와 아이들에게 늦잠은 가정 보육으로 누릴 수 있는 꿀 같은 행복이에요.

남매가 같이 어린이집에 가지 않으니 둘이서 놀아요. 남매가 함께하는 시간이 많은 건 좋은 거 아닌가요? 비록 자주 싸우지만, 싸우면서 더 정든다잖아요.

온종일 같이 있으니 아이들에게 그림책을 읽어 줄 시간도 많아졌어요. 아이들 재우고 했던 일, 아이들 없을 때 해야 하는 일 모두 이제 아이들과 함께해요. 페트병에 쌀 담기, 분리수거 하기, 청소하기, 간단한 요리하기, 밥 준비하기 등등 일이 더 커지지만, 아이들과 같이하게 되는 게 많아요.

단 하나의 큰 단점은 아이들이 친구들과 놀고 싶어 한다는 거죠. 엄마랑 친구는 다르잖아요.

"엄마. 나도 유치원 가고 싶어. 유치원 가서 친구들이랑 놀고 싶어요." 조금 서운했지만, 아이의 바람을 들어줄 수 없어서 속상하기도 했어요.

저는 남들이 힘들다고 생각하는 연년생을 가정 보육하면서, 작가의 꿈을 이루기 위해 백 페이지 분량의 초고를 완성했어요. 가정 보육을 힘들게만 여겼다면 결코 초고를 완성할 수 없었겠죠. 처음에는 불가능할 줄 알았어요. 육아만 하는 것도 힘들다며 도전하지 않고 주저앉았다면 불가능했겠죠. 저는 어린이집에 다니지 않는 아이들 덕분에 늦잠을 잘 수 있는 혜택을 누렸고, 그래서 새벽까지 책을 읽고 글을 쓸 수 있었어요.

인터넷 쇼핑하는 시간을 줄였고, 예능이나 드라마 보는 시간도 줄이며 언제 생길지 모르는 자투리 시간도 활용하기 위해 항상 책을 들고 다녔어요. 그 모습을 본 아이들도 가끔 외출할 때 책을 들고 나가기도 합니다.

제 직업은 육아에요. 그런 제가 육아를 힘들어했다면 '작가'라는 꿈을 결코 이루지 못했을 거예요. 누구나 시간이 부족하고 누구나 힘든 삶을 살아요. 시간이 없다고 꿈을 포기하거나, 힘들다고 시작하지 않는 건 자신을 너무 과소평가하는 거예요. 대한민국 사람들은 겸손을 미덕으로 삼아서 그런지 자신을 낮추고 과소평가하는 경우가 많이 있어요. 그런데요, 당신은 당신이 생각하는 것보다 더 괜찮고 대단한 사람이에요.

꿈을 이루기 위해 일단 시작해 보세요. 내가 얼마나 대단한 사람인지, 내가 얼마나 괜찮은 사람인지 분명히 알게 될 거예요.

，

이 세상에 자기가 사랑하는 것으로부터
몸을 돌릴 만한 가치가 있는 건
하나도 없어요.

– 알베르 카뮈. 페스트. 민음사 –

둘째 태교 여행 중 제주도 유채꽃밭

| | | | | Think | | | |

🔖 아이의 행동 중 나를 가장 힘들게 하는 것은 무엇인가요?

　ex) 밥을 먹지 않을 때

🔖 아이 입장에서 생각해 볼게요.

　아이는 앞 질문에 쓴 행동을 왜 하는 걸까요?

　ex) 밥을 먹는 게 재미가 없어서, 더 놀고 싶어서

🔖 해결할 방법에는 어떤 것이 있을까요?

　ex) 아이와 함께 요리한다. 밥을 먹을 때까지 간식은 주지 않는다.

CHAPTER 2

'엄마의 마음' 이란 것 :

꿈꾸는 엄마가 될게

* 아낌없이 주는 나무 :
엄마의 눈물

지잉~

진동 소리에 휴대전화를 확인해 봅니다. 발신 번호 표시창에 뜬 '엄마'를 보고 기분 좋게 전화를 받아요.

"어~~ 엄마"

"고…은…아…. 으어엉엉엉….'

휴대전화 너머 엄마는 울고 계셨어요. 말도 제대로 전달하지 못할 정도로 슬프게 울고 계셨죠.

"엄마! 왜 그래? 무슨 일이야?"

엄마의 울음소리에 놀란 저는 무슨 일이 생긴 걸까 걱정스레 물어보았어요.

"둘째 이모가 이제 가려나 봐…. 엄마 지금 병원에 가고 있어."

둘째 이모는 대학병원 중환자실에 입원 중이에요. 큰 수술을 받고 회복 중이었죠. 빠른 회복 속도는 아니지만 잘 버티고 계셨고 좋아지고 있다고 생각했어요.

'갑자기 상황이 안 좋아졌나? 아직 가면 안 되는데.'

제 눈에도 눈물이 흐르기 시작했어요.

친정엄마는 항상 자식 걱정뿐이세요. 밥은 먹었는지, 잠은 잘 자는지, 아픈 곳은 없는지 결혼해서 시간이 흘렀지만, 여전히 막내딸인가 봐요. 아이 둘을 낳을 때 산후조리도 다 해주셨고 지금도 먹고 싶은 건 없는지 항상 물어보시고 반찬도 수시로 해다 주세요.

결혼기념일이면 아이 봐준다고 맛있는 것도 먹고 데이트도 하고 오라며 용돈까지 챙겨주는 따뜻한 분이시지요.

그런데, 저는 그런 엄마가 싫었습니다. 다 커서 가정까지 꾸린 자식들 뒷바라지하느라 엄마 당신의 인생을 보내지 않는 게 너무 속상했어요. 마음은 엄마의 인생을 위함이라 하지만 표현에 서투른 저는 매번 까칠하게 표현했지요.

"엄마 우리가 더 잘해서 먹어, 신경 쓰지 마."

"먹고 싶은 거 없어."

마음과는 다르게 표현하는 말투를 고쳐야겠단 생각에 내일은 '엄마, 엄마는 뭐 먹고 싶은 거 없어? 내가 해 줄게.'라고 말하려고 다짐했지만, 결국 표현하지 못하고 맙니다.

가장 오랜 시간 함께한 사람, 내게 가장 많은 사랑을 주는 사람. 그런 사람에게 나는 왜 저렇게밖에 표현하지 못할까요? 그래도 한없이 사랑을 주는 그런 사람. 우리 엄마.

친정엄마는 항상 "볼일 있으면 애들 엄마가 봐줄게. 다녀와."라고 말씀하세요. 볼일도 많고 하고 싶은 것도 많지요. 그러나 한참 힘이 넘치는 아들과 손이 많이 가는 어린 딸을 엄마에게 부탁할 수가 없어요. 엄마인 저도 쉽지 않은 육아를 할머니가 하면 저보다 더 힘들 걸 알기 때문이죠. 복에 겨운 소리로 들리시는 분들도 계실 거예요.

'엄마, 애들 보는 게 얼마나 힘든데 애들 보다가 내가 젤 사랑하는 우리 엄마 몸살 나면 어떻게. 안 돼. 엄마도 좀 쉬어.'

이게 제 마음이에요. 그런데 입으로는 "아냐~ 됐어!"라고 말하고 맙니다.

흐느끼며 울던 엄마와의 통화를 끊고 한동안 생각에 잠겼습니다. 고군분투하고 있을 둘째 이모와 그 모습을 보며 슬퍼하는 엄마, 나를 많이 예뻐해 주던 둘째 이모의 입원 전 모습들이 떠오르며 저도 한참을 울었어요. 집에 있던 아들은 흐르는 제 눈물을 닦아 주었습니다.

'엄마의 눈물을 본 적이 언제였지?'

제가 초등학생이던 시절 이모들과 외할머니 산소에 간 적이 있어요. 그날 엄마를 포함 이모들은 무릎을 꿇고 할머니 산소 앞에서 대성통곡을 하며 우셨지요. 아마 외할머니가 돌아가신 지 얼마 안 됐을 때였던 거 같아요. 그때 엄마의 눈물을 보았어요. 그리고 오늘 엄마의 울음에 그때가 생각났어요. 그리고 또 다른 생각이 엄습해 옵니다. 그때 엄마가 울던 그 당시의 모습이 외할머니와 엄마가 아닌, 나와 엄마가 될 수도 있겠구나.

우리 엄마도 누군가의 딸이었어요. 나처럼 한없이 사랑받는 존재였어요. 사랑을 주는 것보다 받는 게 더 익숙했던 사람이었을 거예요. 그런 엄마가 나를 만나서, 그리고 엄마가 되면서 사랑을 받는 것보다 주는 게 익숙해져 가고 있어요. 우리 엄마 충분히 사랑받을 가치가 있는 사람인데 말이죠. 사랑받는 게 익숙하게 만들어 드리고 싶어요.

어느 날, 책을 읽다가 용기가 나서 크게 마음먹고 엄마에게 말했어요.

"엄마! 나는 엄마가 나 때문에 고생하는 거 같아서 싫어. 엄마도 내 걱정 그만하고 엄마 인생을 살면 좋겠어."

그러자 엄마는 말합니다.

"이게 뭐 고생이야. 딸한테 해 줄 수 있는 게 얼마나 행복한데."

"……"

'행복? 엄마의 행복은 이건가?'

입장을 바꿔 생각해 봤어요. 그러고 보니 저도 아이들한테 뭐든 해 줄 때 행복함을 느껴요. 어쩌면, 엄마가 힘든 게 싫다는 이유로 저는 엄마의 행복을 거절했었는지도 모르겠어요. 엄마의 행복을 행복으로 보지 못하고 희생과 고생으로 오해하며 살았었어요. 엄마의 손길을 거절하는 게 엄마를 위하는 길이라 착각했던 시간이 참 길었네요. 그래도 다행이에요. 더 늦기 전에 엄마에게 제 마음을 표현했고 엄마의 마음을 알 수 있어서.

오늘은 엄마의 어린 딸이 되어 봅니다.

"엄마, 나 엄마가 해 주는 수제비가 먹고 싶어!"

이러다가 엄마가 정말 힘들어하는 거 아닌지 모르겠네요.
'힘들면 말해 엄마. 하하하.'

서로에게 바라는 것은
그저 가까이에서 다정히 돌봐주는 것뿐

– 쉬하오이. 지금 나를 위로하는 중입니다. 마음책방 –

아낌없이 주는 엄마가 될게

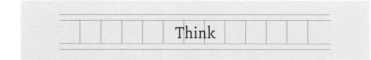

"엄마" 소리를 내서 말해 보세요.
엄마를 떠올리면 가장 먼저 무슨 생각이 드나요?

엄마랑 가장 하고 싶은 일은 무엇인가요?

ex) 모녀여행

넘치는 사랑의 표현

저는 어릴 적 기억이 많지 않아요. 주변을 보면 3살 때 물을 마시다가 엎질러서 엄마한테 혼났던 기억을 떠올리는 사람, 5살에 유치원에서 간 소풍을 기억하는 사람도 있어요. 어린 시절을 기억하는 사람들을 보면 참 신기해요. 어떻게 그 시절에 있던 일을 기억하는지.

제 기억 속 아빠는 항상 일 때문에 바쁘셨어요. 지금처럼 주 5일제는 생각도 할 수 없을 때였고 그 시절 아빠들이 그러하듯 제가 일어나기 전에 출근했고 잠들면 퇴근하셨죠. 회사에 다니느라 집에서 가족들과 함께하는 시간은 거의 없었어요. 어느 날은 퇴근 후 술을 한잔하셨는지 술 냄새를 가득 품고 들어오시더니 "우리

이쁜 딸"을 외치며 뽀뽀 세례를 하셨어요. 저는 그때 술 냄새가 너무 싫어서 밀치며 말했어요.

"아, 술 냄새! 아빠 저리 가. 술 냄새나." 그래도 웃으며 "사랑해 우리 딸."이라고 표현하시던 분이셨죠.

어느 토요일 오전, 저는 아빠의 손을 잡고 함께 출근했습니다. 회사에서 아빠가 일하시는 동안 창문에 매달려 밖을 구경하고 있었어요. 창문 너머 바라본 곳은 신세계였죠. 백화점처럼 보이는 큰 건물도 보였고 지하철을 만든다며 공사를 하는 모습도 보이고 사람들도 많고 온통 신기하고 새로운 것들이 가득했어요. 그 모습을 보고 있던 직원 언니가 저를 데리고 나가 창문 밖 세상을 구경시켜 주었어요. 장난감 가게도 둘러보고 맛있는 것도 사 먹었죠. 기념으로 돼지 모양의 예쁜 장식품도 사 주셨어요. 그 장식품은 아직도 집에 있답니다. 어린 시절 기억을 잘하지 못하는 편이지만 아빠 회사를 따라간 토요일의 기억은 행복함으로 남아있습니다.

지금 대한민국은 그야말로 캠핑 열풍이죠?
저는 어릴 적부터 캠핑하러 다녔어요. 지금이나 그때나 캠핑을 한 번 가려면 짐이 어마어마하죠. 그때도 짐을 한가득 챙겨서 캠핑을 떠났어요. 해수욕장에 도착하면 아빠와 엄마는 텐트를 치기 시작하고 그사이 오빠랑 저는 같이 자연을 놀이터 삼아 나뭇가지를 장난감 삼아 놀았습니다. 비가 올 수도 있다는 예보가 있으면 아버지는 텐트 주변에 배수로까지 만드셨어요. 엄청 섬세하시죠?

지금처럼 개수대와 화장실, 샤워실이 딸린 시설 좋은 캠핑장을 찾아보기 힘들 때였어요. 해수욕장에서 운영하는 공공 샤워실을 이용해야 했고 화장실도 한참을 걸어가야 나오는 공중화장실을 이용해야 했지요. 지금 생각하면 어떻게 그런 열악한 환경에서 아이 둘을 데리고 캠핑을 했을까 싶기도 해요. 텐트가 완성되고 짐 정리가 끝나면 튜브에 바람을 넣고 바다로 뛰어가요. 온 가족이 함께하는 물놀이는 무엇과 비교할 수 없을 만큼 재미있지요.

비록 함께할 수 있는 시간은 적었지만, 그 시간만큼은 최선을 다한 아빠 덕분일까요? 함께하는 시간이 상대적으로 적었음에도 아빠의 빈자리를 느끼지 않으며 어린 시절을 보냈습니다.

지금도 많은 육아서에서 부모의 일터에 아이와 함께 가보는 것이 좋다고 말하던데, 그날 아빠의 회사에 갔던 날은 참 좋은 기억으로 자리 잡고 있어요.

'아빠의 육아는 양보다 질이다.'라는 이야기 많이 들어보셨지요? '양'보다는 '질'로 승부하셨던 아빠. 넘치는 사랑을 표현해 주시던 분. 그런 아빠의 사랑은 살아가면서 어려움을 겪을 때마다 큰 버팀목이 되었어요. 그 사랑의 힘을 알기에 저도 아이들에게 넘치는 사랑을 주려고 합니다. 항상 받기만 하고 제대로 된 마음을 표현한 적이 없는 거 같아요.

"아빠 덕분에 지금의 내가 있는 거야."

"고마워, 아빠."

"사랑해, 아빠."

어린 시절 아이에게 가장 필요한 것은
온전히 사랑받는 느낌이다.

— 김지용, 어쩌다 정신과 의사, 심심 —

너의 버팀목이 되어 줄게

			Think			

📢 어릴 적 아빠에 대한 이미지는 어떤가요?

📢 아빠와 함께해서 행복했던 기억 하나를 떠올려 보세요.

📢 앞 질문의 대답이 왜 행복한 기억으로 남아있는지, 아빠는 나에게
　어떤 존재인지 생각해 보세요.

* 내 품에 안긴 아기는 따뜻했다 :
당연하지!

"자기, 많이 힘들어? 등 좀 두들겨줄까?"
남편의 말에, 저는 변기통에 몸을 반쯤 기댄 채 대답했어요.
"아니, 오지 마."

말로만 들었던 입덧 지옥이 저에게도 찾아왔어요. 임신 3개월
차인데 몸무게가 빠질 정도였어요. '임신 중에 살이 빠지면 어떡
하지? 아이가 못 크는 거 아냐?'라는 생각에 아이를 위해 뭐든 먹
으려고 했지만, 울렁거림과 매스꺼움에 생수조차도 물비린내가
나서 먹기 힘들었어요.

한번은, 임신한 저를 축하해 주기 위해 먼 거리까지 찾아온 친

구들과 함께 즉석떡볶이 집에 갔어요. 평소에 참 좋아하던 식당인데, 음식 냄새를 참지 못한 저는 친구들을 두고 집으로 돌아가야 했어요.

"자기야, 나 둘째는 힘들 거 같아."
자녀는 3명 정도 있어야 한다고 생각했던 저였지만, 입덧의 지옥을 경험한 후 '3명은 무슨, 내 인생 임신은 이게 마지막이야.'라며 다짐했습니다.

죽을 것 같은 입덧은 도대체 언제 끝나는지, 끝나기는 하는지, 다른 임산부는 어떤지 궁금한 마음에 예비 엄마들을 위한 카페에 가입했다가 어느 임산부의 글을 한 편 읽게 되었어요. 그 임산부는 늦은 시간에 먹고 싶은 음식이 생각나 남편한테 이야기했더니 바로 그 음식을 구해왔다는 것이었어요.

드라마에서 보면 임신한 아내를 위해 남편이 빗속을 뚫고 아내가 먹고 싶어 하는 음식을 힘들게 구해오면 "이제 이거 안 먹고 싶어졌어. 다른 거 먹고 싶어."라고 말하잖아요. 남편은 좌절하지만, 아내가 원하는 또 다른 음식을 다시 구하러 나가고요. 저도 그런 장면을 연출해 보고 싶은 로망이 있었는데 제대로 뭘 먹을 수가 없으니 답답했어요.

하지만 임산부만 누릴 수 있는 특권과 로망을 포기할 수 없었어요. 먹고 싶은 음식이 전혀 없었지만, 퇴근하고 온 남편에게 특정 음식이 먹고 싶다며 사 달라고 투정을 부렸죠. 그날따라 밖에는 빗소리가 강하게 들렸어요. 미안한 마음도 있었지만 빗속을 뚫고 나간 신랑을 기다리는 건 너무 설레고 행복했어요. 거짓말을 해서 그런지 어떤 음식을 사 오라고 부탁했는지는 기억나지 않아요. 몇 군데를 돌아다녀도 제가 부탁했던 음식을 찾을 수 없다며 먹고 싶은 다른 음식은 없는지 물었던 남편의 전화만 기억에 남네요.

"여보, 그날 쏟아지는 빗속을 뚫고 나간 거 아주 감동적이었어. 항상 고맙게 생각하고 있어."

나를 괴롭히던 지옥 같은 입덧은 임신 16주에 기적처럼 사라졌어요.

어느덧 임신 9개월, 배가 조금씩 아파지기 시작했어요. 첫아기를 가진 엄마들이 그렇듯, 저 역시 조금만 배가 아파도 '설마 이게 진통은 아니겠지? 진통 주기를 재 봐야겠어.'라는 생각을 수십 번 한 것 같아요. 주기가 일정했어요.

'뭐야? 진통 맞는 거야?'

늦은 저녁, 불안한 마음에 남편에게 말했어요.

"여보! 나 못 참겠어. 병원에 가야 할 거 같아."

산부인과에 도착하니 외래진료는 문을 닫았고 분만실만 열려 있었어요. 다행히 담당 선생님이 당직이라 분만실에 계셨고 저는 마음이 놓였지요. 담당 선생님께서 아이를 받아 주신다 생각하니 너무 다행이었어요.

남편은 그사이, 친정 부모님께 연락했고 출산하려는 딸을 보기 위해 부모님 역시 한걸음에 분만실로 오셨습니다. 몇 가지 검사 후, 아직 출산의 징조가 없다며 담당의는 귀가를 권했고 그렇게 가진통의 해프닝으로 끝났어요. 분만실 밖으로 나오니 부끄럽더라고요.

'나 정말 아팠는데…….'

몇 주 후 정기검진, 양수가 많이 줄었다며 "자연분만을 계속 기다리고 있을 순 없어요."라고 말씀하셨고, 저는 일주일 후 유도 분만을 하기로 했습니다. 미뤘던 출산 휴가를 급하게 쓰고 출산 가방을 꾸렸어요.

유도 분만 당일, 저는 그때 진짜 진통이 무엇인지를 느꼈어요.

'아. 이게 진통이구나. 저번에 내가 느낀 통증은 아무것도 아니네.'

무엇과도 비교할 수 없는 아픔이었어요. 진통이 올 때마다 머리카락을 쥐어뜯고 이를 악물었어요. 그런 제 모습을 보며, 남편은 이러지도 저러지도 못하고 있었습니다. 그렇게 하루가 지나갔고 다음 날 오후 3시,

"산모님! 조금만 더 힘내세요. 아기가 거의 다 내려왔어요. 조금만 더더더더!!!!"

"응애!"

진짜 엄마로 태어나는 순간이었죠.

제 품에 안긴 아기는 따뜻했어요. 매우 따뜻했어요. 아기의 체온을 온몸으로 느낄 수 있었어요. 모든 힘이 빠져나가 움직일 수 없던 제 얼굴에는 눈물이 흘렀어요. 어찌 말로 표현할 수 있을까요. 작은 생명을 바라보며 감동에 젖어있는 저에게 사랑하는 남편이 다가와 귓가에 대고 다정하게 말을 건넸습니다.

"자기, 둘째 낳을 수 있겠어?"

아니, 이제 막 아기를 낳은 아내에게 건네는 첫 마디가 둘째 이

야기라니, 너무한 거 아닌가요? 그런 질문을 왜 그 순간에 했는지 도저히 이해가 가지 않아 나중에 남편에게 물어봤어요.

"아, 인터넷에 찾아보니까 출산 직후에 물어봐야 진심을 알 수 있다고 해서."

남편은 제 진심이 궁금했던 걸까요? 아기가 태어나던 날 분만실에서, 저는 대답했습니다.

"당연하지!"

아이와 인연이 닿았다는 것은
앞으로의 인생에 큰 변화를 가져오는
중대한 사건이에요.

– 법륜. 엄마수업. 휴 –

따뜻했던 그 순간

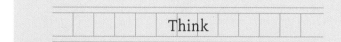

아이를 처음 만난 순간을 기억하나요?

그 순간을 한 문장으로 표현해 보세요.

ex) 말로 표현할 수 없는 감동적인 순간이었다.

엄마가 된 직후 당신은 어떤 엄마가 되기로 다짐하셨나요?

ex) 많은 사랑을 주는 엄마, 화내지 않는 엄마, 항상 옆에 있어 주는 엄마

✎ 지금 아이는 어떤 엄마를 원하나요?

    ex) 같이 놀아주는 엄마, 화내지 않는 엄마

✎ 당신은 지금 어떤 엄마인가요?

    ex) 화내는 엄마

* 나의 로망 :
바로 그 마당

마당 있는 집의 로망을 안고 주택으로 이사를 왔어요. 아이들이 뛰어놀 수 있는 마당, 나의 로망을 실현해 준 바로 그 마당. 잔디밭으로 꾸며진 마당은 아, 정말 정말 예뻤어요. 마당에서 아이들과 매일 뛰어노는 것을 상상하며 행복해했죠.

그곳에서 우리는 캐치볼도 하고, 축구도 하고, 돗자리를 펴고 앉아 간식을 먹으며 소풍 분위기도 내고 풀장도 만들어 물놀이도 하였어요. 마당이 주는 행복은 이루 말할 수가 없었지요.

다만, 그 마당에 치명적인 단점이 있었으니, 바로 풀입니다.
주택으로 이사 오기 전에는 몰랐어요. 잔디밭에 풀이 자라는

데 이 풀을 뽑지 않으면, 풀이 주변의 잔디를 다 죽인대요. 풀은 억세서 베이는 일도 있고 피부가 여린 아이들은 풀독이 오를 수도 있다고 했어요. 결론은, 그런 풀을 뽑아야만 한다는 거죠. 이삿짐을 정리하는 동안 친정 부모님이 오셔서 마당에서 아이들과 놀아주며 풀도 뽑아주셨어요.

짐 정리가 끝나고 어느 날, 금세 자란 풀들이 눈에 보여 뽑기 시작했어요. 그 모습을 지켜보던 로이는 마음에 안 드는지 한마디 거들었어요.

"엄마, 뿌리까지 뽑아야지. 이것도 풀이예요."

"여기 풀 있다. 엄마, 여기 풀 있어요!"

할머니가 풀을 뽑을 때 옆에서 따라다니면서 배웠나 봐요. 아들은 풀이랑 잔디를 저보다 더 잘 구분하더라고요.

뿌리까지 뽑으면 "성공!" 뿌리가 끊기면 "실패!"라고 외치며, 누가 더 많이 뽑나 대결도 하고 이제 풀 뽑기도 하나의 놀이가 되었어요. 매일같이 한참 풀을 뽑다 보니, 자려고 누우면 천장에 풀이 보이고, 도시로 놀러 가면 관리 되지 않은 아파트 단지의 잔디가 눈에 띄더라고요. 머릿속이 온통 풀! 풀! 풀인 생활이 시작되었어요. 한번은 친정엄마랑 날을 제대로 잡고 마당의 풀을 다 뽑은 적이 있는데 속이 너무 시원했어요.

'아! 드디어! 풀 너, 내가 이겼다.'란 마음이 들었어요.

오늘도 어김없이 아이들은 마당에서 뛰어놀고 저는 풀을 뽑고 있습니다. 그때, 앞집 아주머니가 오시더니 저에게 이야기해요.

"아기 엄마, 풀을 이기려고 하지 마. 절대 못 이겨."

'엇! 내가 풀 이기려고 매일 싸우고 있는 걸 아주머니가 어떻게 알았지?' 속마음을 숨기고 대답해요.

"풀이 너무 빨리 자라요."

"풀은 절대 못 이겨. 이기려고 하면 스트레스받아. 그냥 마음을 비워야 해. 아니면 풀 약 사다가 뿌려. 그럼 안 자라."

"풀 약이 있어요? 진작 사서 뿌릴 걸 그랬나 봐요."

풀 약을 뿌리면 잔디는 살고 풀만 죽는대요. 이렇게 좋은 게 있다니! 당장 풀 약을 사야겠다고 생각했어요. 하지만 다시 생각해 보니 우리 아이들이 매일 뛰어노는 마당에 약을 뿌릴 수가 없었어요. 그날 밤 신랑에게 앞집 아주머니가 해준 이야기를 했어요.

"자기, 풀 뽑는 거, 스트레스 받고 힘들지?"

"손이 너무 아파."

"내가 주말에 잔디 깎기로 다 밀까?"

"그래도 뿌리는 살아있는 거잖아. 풀뿌리가 잔디를 죽이는 거래."

"그럼, 마음을 비워."

마음 비우는 게 참 어려운 일인데, 풀 너마저도 마음을 비워야 하는 거니? 정말 뭐 하나 쉬운 게 없다.

나무는
꽃의 어여쁜 손을 놓아야
비로소 열매를 맺을 수 있다.

- 이철환. 연탄길. 생명의말씀사 -

우리만의 풀장에서 물놀이를 즐기는 중

✎ 아이와 함께 꼭 해 보고 싶은 일이 있었는데, 아직 시작하지 못한
일이 있나요?

ex) 주말농장

✎ 앞 대답을 함께해 보고 싶은 이유는 무엇인가요?

ex) 아이가 채소를 안 먹어서 직접 씨를 뿌리고 수확하면 먹게 될까 싶어서

아직 시작하지 못한 이유는 무엇인가요?

ex) 주변에 주말농장 자리가 없어서

 그 이유가 해결되면 바로 시작할 수 있도록 무슨 준비를 하고 계시나요?

ex) 주말농장을 할 수 있도록 대기를 걸어 놨다.

* 엄마랑 노는 거가 더 재미있어 :
# 행복에 울컥하다

우리 아이들은 코로나19 시작과 함께, 가정 보육 중이에요. 코로나19의 확진자가 기하급수적으로 늘어날 때는 집 밖으로 나가지도 못했어요. 필요한 것은 인터넷으로 주문하고 당장 사야 하는 것은 남편에게 퇴근길에 사 오라고 하면서 집콕 육아를 시작했어요.

매일 매일 나가던 아이들이 집에만 있으면 답답해할 것 같아서 재미있어할 만한 무언가를 해 주고 싶었어요. 인터넷에 '엄마표 놀이', '엄마표 미술' 등을 검색하며 아이와 함께할 수 있는 놀이를 찾아봤어요. 아이랑 놀아주는 것도 공부가 필요하다는 걸 새삼 느끼게 되었죠.

다행인지 불행인지 아이들은 집에 있는 것에 잘 적응하는 것 같았어요. 그렇게 코로나가 주춤하는 것 같더니 종교 단체에서 퍼진 코로나는 또다시 전국을 강타했죠. 하필이면 남편은 코로나 확진자가 많은 지역으로 출장이 잦아 더더욱 불안했어요. 그 지역을 다녀온 것 자체만으로도 의심받을 만한 상황이었기에 우리는 또다시 집 안에서만 지내야 했어요. 업무상 어쩔 수 없는 출장이었으나, 불안한 마음에 남편을 확진자 취급해서 다툰 적도 있었더랬죠.

"애들 만지지 마! 그거 손대지 말라고!!"

"내가 감염자냐? 나를 무슨 몹쓸 병균을 품고 다니는 사람 취급하네."

"조심해서 나쁠 거 없잖아?"

이 시기 대한민국은 아니, 전 세계인들은 예민할 수밖에 없는 것 같아요.

사회적 거리 두기가 완화될 때쯤, 계속되는 집콕 육아로 지쳐있는 엄마들과 '공동육아'를 하기 위해 만났어요. 현관문을 나서기 전 마스크는 습관이 되었고 엘리베이터 안에서는 아무것도 만지지 말라고 주의를 시켰어요.

아이들도 친구를 만나서 신나고 엄마들도 오랜만에 커피 한잔에 수다를 떨면서 기분 전환의 시간을 가졌습니다. '내가 너무 외출을 자제했었나?'라는 생각이 들었어요. 집콕 육아로 답답했던 저는 조금씩 외출을 시작했어요.

아이들과 공원에 나가서 킥보드도 타고, 김밥 싸서 소풍도 가고, 친구들도 만나고, 주말에는 아빠랑 캠핑도 갔었죠. 그러다 며칠 동안 외출도 하지 않고 집에서만 노는 아이들을 보는데 왠지 짠하고 쓸쓸해 보였어요. 첫째 로이에게 물어봤어요.

"집에만 있으니까 너무 심심하지?"

"아니."

"어린이집 가고 싶지 않아?"

"안 가고 싶은데."

"친구들이랑 놀다가 엄마랑 집에만 있으니까 재미없지?"

"아니, 엄마랑 노는 거가 더 재미있어."

"정말? 왜? 친구들이랑 놀아야 재미있잖아."

"친구들이랑 노는 것도 재미있는데, 엄마랑 노는 거가 더 재미있어."

"엄마랑 노는 거가 더 재미있어."

"엄마랑 노는 거가 더 재미있어."
"엄마랑 노는 거가 더 재미있어."

굳이 계획을 세워 어딘가를 나가거나 활동하지 않아도 엄마랑 노는 거가 더 재미있다는 아이. 아이의 말이 왜 이토록 제 가슴을 울리는 걸까요.

"엄마도 너희와 함께하는 지금, 이 순간이 제일 좋아."

그 한마디가
그의 인생에 깊이 뿌리를 내리고
오래도록 흔적을 남긴다.

− 김윤아, 말그릇, 카시오페아 −

집콕 육아 중 엄마표 놀이

Think

🔖 아이가 했던 말 중에 가장 기억이 나는 말을 떠올려 보세요.

🔖 그 이야기를 들었을 때 엄마 마음은 어땠나요?

🔖 아이는 언제 그런 말을 하나요?

🔖 아이를 위해서 오늘 무엇을 해 줄 수 있나요?

* 나도 아빠, 엄마가 있어 :
36살 막내딸

주말부부였던 저는 복직 후, 태어난 지 4개월 된 아이와 친정 집에서 지냈어요. 갓난아기를 두고 출근하는 발걸음은 늘 납덩이 같았습니다. '뭐 먹을까?', '뭐 먹지?' 생각하던 점심시간은 이제, 집에 있는 아이와 친정엄마 생각으로 가득합니다.

'엄마, 뭐 하고 있어?'

하지만 전송 버튼을 누르지 못합니다.

아들 걱정하는 당신의 딸인 나를 걱정하실까 봐,

지인과 만나고 계실 수도 있는데 방해가 될까 봐,

계속 오는 연락에 스트레스받으실까 봐,

아기와 같이 잠들었는데 내 연락에 깨실까 봐 오늘도 전송 버튼은 누르지 않기로 합니다.

　퇴근 시간, '야근할래? 저녁 먹고 갈래?'라는 평범했던 동료의 질문은 엄청난 고뇌를 가져오는 질문이 되어 버렸습니다.

　'야근할 만큼 일이 많은가?'

　'내가 일찍 퇴근하고 집에 가서 아기를 봐야, 엄마도 저녁 준비를 하시고 좀 쉬실 텐데.'

　'매번 거절하기도 좀 그런데, 어떡하지?'

　엄마는 항상 신경 쓰지 말라고 하세요. 하나도 안 힘들다고, 직원들이랑 저녁 먹게 되면 먹고 친구들도 만나서 놀고 오라고 하시는 분이셨죠. 망설이다가 메시지를 보냈습니다.

　'저녁 먹고 가도 괜찮아?'

　'야스!'

　그렇게 저녁 자리에 가도 마음은 불편했어요.

　'몇 시나 됐지?'

'로이는 자나?'

'아빠는 퇴근하셨나?'

'엄마 혼자 아기 보면 힘드실 텐데 저녁은 드셨나?'

'로이가 나 찾느라 울고 있진 않나?'

웃고 떠들고 먹고 마시고 놀던 여자는 없어진 지 오래고 온 생각이 집에 있는 아이에게로 향해있는 초보 엄마가 그 자리에 와 있습니다. 궁금하지만 메시지를 보내지는 않아요. 친정엄마에게 맡긴 시간은 친정엄마의 편의와 방법에 따라 육아하실 수 있도록 배려해야 한다고 생각했어요.

'육아를 부탁했으면 토를 달지 말자!'

엄마는 아기를 봐주시는 것도 시시때때로 연락하는 것도 신경을 안 쓰실 분이에요. 그분의 마음에 내가 어떤 존재인지 알기에, 한없이 모든 걸 다 주실 걸 알기에, 도리어 하나라도 부탁하는 게 미안한 딸이에요.

계약직이었던 저는, 출산 휴가로 인해 업무 일수가 부족하다는 이유로 무기계약직 전환이 되지 않았습니다. 주변에서는 전환이 될 거라고 말해 주었고 저 역시 기대를 품고 있었는데, 결과는 그러지 못했죠. 그런데 이상하죠? 서운하고 속상할 것 같았던 마음이 오히려 시원한 거예요. 이제 엄마에게 힘든 육아를 더는 부탁하지 않을 수 있다는 마음과 아기를 내가 키울 수 있다는 행복함이, 회사에 다니며 느꼈던 행복보다 10배는 더 크다는 걸 느낄 수 있었어요.

그리고 마지막 퇴근길, 집에 오니 부모님은 케이크와 꽃다발을 준비해 퇴직을 축하해 주셨어요. 아빠는 딸의 인생에 있어, 오늘이 마지막 퇴근이 될 수도 있을 거란 생각을 하셨더라고요. 아이를 키우다 보면 다시 일하기는 힘들지도 모른다고 생각하신 거죠. '내 딸의 마지막 퇴근길!' 이제 직장을 잃고 엄마로 살아야 하는 딸이 속상해할까 봐 더 속상해하시는 그 마음, 딸의 마음을 달래주려는 그분들의 마음을 저는 몇 퍼센트나 이해할 수 있을까요?

스스로 썩 괜찮은 사람이라고 생각해야

괜찮은 행동을 하기 때문이다.

– 임영주, 엄마의 말습관, 위즈덤하우스 –

| | | | | Think | | | | |

✎ 부모님께 꼭 하고 싶은 이야기를 3~4줄로 간단하게 적어 보세요.

✎ 위에 적은 글을 문자로 옮겨 전송해 보는 용기를 내어보는 건
   어떨까요?

* 부끄럽지 않은 엄마가 될게 :
용서해 주세요

퇴근 후 친한 직원들과 저녁을 먹기로 했어요.

"오늘 뭐 먹을까?"

"나 고기 먹고 싶어."

"그럼, 삼겹살에 한잔 콜?"

"콜."

"콜."

퇴근 후 고깃집에 둘러앉아 업무 스트레스를 수다로 날리는 중
이었어요. 반대편 테이블에는 지금의 우리 가족처럼 아빠와 엄마,
아이 둘이 고기를 먹고 있었어요. 부모들은 고기를 먹으며 술을
한잔하고 있었고 아이들은 큰 소리로 떠들며 가만히 앉아있는 것

을 힘들어했어요.

"난 통제 되지 않는 아이들이 너무 싫어."

"난 애들이 싫은 긴 아닌데, 쟤들은 너무 시끄럽다."

"저 정도면 부모가 좀 제지해야 하는 거 아니야?"

결혼하지 않은 팀원들은 아이들과 함께 고깃집에 와서 술을 마시는 부모를 이해할 수 없다고 했어요. 잠시 후 조용해져서 보니 시끄럽던 아이들은 휴대전화 영상에 시선을 빼앗겼더라고요.

'아. 휴대전화로 영상을 보여주면서까지 외식을 해야 할까?' 생각했어요. 떠드는 아이들을 조용히 시키느라 부모는 몇 번 화를 냈고, 결국은 휴대전화 영상으로 빠져드는 아이들을 보며 저건 아니다 싶었지요.

일찍 퇴근하고 집으로 가던 어느 날, 놀이터에서는 아이들이 신나게 뛰어놀고 있었고 그 옆 벤치에서는 아이들의 엄마로 보이는 몇 분이 음식을 배달시켜서 맥주와 함께 먹고 있었어요.

저는 또 속으로 '이제 점심인데, 대낮부터 술이라니. 더구나 아이들이 뛰어노는 놀이터에서 말이야. 나는 절대 저러지 말아야겠다.'라고 생각했어요.

그리고 몇 년 후 저는 아이 둘 엄마가 되었습니다. 그토록 싫어했던 아이를 둘이나 낳았어요. 아이들이 어려서 외식은 꿈도 꾸지 못했다가 둘째가 좀 크고 나니 외식이 너무 하고 싶은 거예요. 그래서 남편이랑 아이들을 데리고 우리도 불금을 한번 보내보자며 밖으로 나갔어요.

"자기, 뭐 먹고 싶은 거 있어?"

"음, 나 곱창 먹고 싶어."

"그래. 오랜만에 곱창에 소주 한잔하자."

"좋아."

저는 오랫동안 가만히 앉아있지 못하는 아이들을 위해 색연필, 스케치북, 자동차, 스티커를 챙겨갔어요. 그림 그리기 5분, 자동차 놀이 5분, 스티커 붙이기 5분. 아직 음식이 나오기도 전에 재료가 고갈되었어요. 다시 한번 그림 그리고, 자동차 놀이하고 스티커를 붙이며 시간을 벌려고 했지만, 아이들은 엉덩이를 점점 들썩거렸어요. 목소리도 커지기 시작했어요. 저는 조용히 휴대전화로 영상을 틀어주었습니다.

"자기야, 예전에 내가 이런 가족의 모습을 본 적이 있는데, 그때는 참 이해가 안 되고 보기도 안 좋았거든? 근데, 지금 내가 그러고 있네?"

"나도 그랬어. 지금 내가 아빠가 되고 보니까 한 끼 외식이 그들에겐 행복이었던 거야."

"맞아. 함부로 판단하고 속으로 흉본 거, 정말 죄송스럽다."

저는 아이 둘 엄마가 된 후 모든 게 바뀌었어요. 남편은 아이를 싫어했던 제가 육아하는 모습을 보면 참 신기하대요. 그러면서 항상 칭찬해 줍니다. 잘하고 있다고. 가끔 주변에서도 칭찬해 주곤 해요. 아이 둘 키우기 쉽지 않은데 참 잘 키우고 있다고.

과연, 제가 아이들을 잘 키우는 걸까요? 저는 아이들이 잘 자라준 거라는 생각이 들어요. 아이들을 참 싫어했던 저인데, 그런 제가 아이들을 사랑하고 이만큼 키울 수 있었던 건 아이들이 잘 도와주었기 때문인 거 같아요.

아이 둘의 엄마가 되고 나니 타인을 함부로 평가할 수가 없더라고요. 지난 날 부모의 고충도 모른 채 외식하러 온 그들을 비난했던 어리석었던 나를, 놀이터에 나와 아이가 뛰노는 그 시간이 잠시나마 휴식을 취할 수 있는 엄마들의 삶을 몰랐던 나를 반성합니다. 그리고 그분들에게 이 기회를 빌려 죄송하다고 전하고 싶어요.

지금도 눈살을 찌푸리는 행동을 하는 아이들을 마주할 때가 있지만, 엄마가 된 저는 이제 내 아이도 저럴 수 있겠다고 생각하며 미소 지어 봅니다.

아이들은 저에게 타인을 이해하는 법을 가르쳐 주었고,
아이들은 저에게 아이들을 사랑하는 법을 가르쳐 주었고,
아이들은 저에게 함께하는 삶의 소중함을 느끼게 해 주었고,
아이들은 저에게 진정한 사랑이 무엇인지 알려 주었어요.

"로이, 리아야! 너희에게 부끄럽지 않은 엄마가 되도록 노력할게."

,

자녀의 성장과 더불어
부모도 성장하여야 한다.

- 이케다 다이사쿠(종교기관단체인),
여성에게 드리는 100자의 행복. 화광신문사 -

눈에 넣어도 아프지 않은 천사 같은 아이들과 뜨거운 여름 바닷가에서

				Think				

아이를 낳기 전과 후의 삶, 참 많이도 다릅니다. 아이를 낳고 변화된 삶 3가지를 써 볼까요? 그것이 좋은 점이라면 "행복해."라고 덧붙여 적어 주세요. 힘든 점이라면 "잘하고 있어."라고 덧붙여 적어 주세요. 우리 모두 잘하고 있습니다.

CHAPTER 3

육퇴 후 나만의 시간,
포기할 수 없어 :

책 읽는 엄마

* 특별하지 않지만 특별해 :
책, 반가워

별거 없는 엄마.

바로, 저입니다.

누군가가 저에게 자기소개를 해 보라고 한다면 무척 당황할 것 같아요. 워킹맘은 소속된 직장을 말하며 그곳에서 어떤 일을 하는지 이야기하면 될 거 같은데, 저는 저를 표현할 마땅한 방법이 떠오르지 않아요.

그렇게 특별히 내세울 것 없이 반복되는 삶을 살아가고 있지만, 하루하루를 버틸 수 있었던 힘은 언젠가 이루고 싶은 꿈이 하나 있기 때문이었어요.

제 꿈은, 작가였어요.

15년 전, 건설회사에 다니고 있을 때였어요. 직원들과도 두루 두루 잘 지냈고 직장생활에 만족하며 지내던 중 회장님 수행비서가 새로 왔어요. '이미 비서가 있는데 왜 다시 비서를 뽑지?' 의아했죠. 이유가 따로 있었습니다. 새 비서는, 드라마에서만 보던 회장님의 애인 같은 존재였더라고요. 내 딸이면 좋겠다 싶을 정도로 예쁘고 젊은 아이가 나이 많은 회장님과 금전적인 이유로 부적절한 만남을 갖는 것을 보니 안타깝기 그지없었어요.

"새로운 곳에 와서 적응하려니 힘들죠? 그런데, 음… 앞으로 좋은 기회와 만남이 많을 텐데 자신의 삶을 조금 더 소중히 여겨 보는 건 어떨까요?"

그 아이에게 안타까운 제 마음을 전달했고 그 아이는 상당히 불쾌해했어요. 회장님의 귀에도 들어갔겠죠? 그날 이후, 회장님의 눈 밖에 났습니다. 사실, (정확한 이유를 알 수 없지만) 저는 회사에서 별도로 학원비도 지원해 줄 정도로 회장님의 신임을 받고 있었어요. 중소기업에서 회장님 눈 밖에 난다는 건 어떤 의미인지 아시나요?

어느 날 갑자기, 업무가 전혀 다른 팀으로 보내져 업무를 처음부터 다시 배워야 했죠. 억울했지만 사회생활이 이렇게 쓰다라고 생각하며 버텼습니다. 주변 동료들도 응원해 주고 격려해줘서 외롭지 않았어요.

한번은, 회장님의 호출을 받았어요. 권고사직을 요청했지만 거절당한 저는 혹시 관련된 이야기를 하지 않을까 하는 마음에 휴대전화로 녹음기를 켜두고 들어갔고, 눈치 빠른 회장님은 별말씀 하시지 않고 나가라고 지시했습니다.

다음날, 제 책상에 있던 컴퓨터는 사라지고 책상만 덩그러니 남아있었어요. 9시 출근해서 6시 퇴근이던 시절, 눈치 보느라 정시 퇴근을 할 수 없던 시절, 10시간 이상을 컴퓨터 없는 책상에서 보내야 하는데 제가 할 수 있는 게 무엇이었을까요?

저는 고민하다 독서를 선택했습니다.

'남들은 힘들게 일하는데, 난 월급 받으면서 책도 읽고 얼마나 좋아.'라고 스스로 위로하였어요. 첫 책은 당시 베스트셀러였던 김난도 교수님의 「아프니까 청춘이다」였어요.

'아, 나 지금 마음이 몹시 아픈데 그럼 나는 청춘이 맞구나.'

이렇게 저는 책 속에서 위로받으며 업무 시간을 채웠습니다. 억울하고 힘든 사회생활 속에서도 위로받을 수 있는 통로가 있다는 게 얼마나 큰 버팀목이 되었는지 몰라요. 그리고 그때 생각했어요.

'책을 쓰자! 작가가 되자! 지금 내가 책을 보고 위로받고 힘을 내고 버틸 수 있는 이 마음을 고스란히 담아, 나와 비슷한 처지에 있는 사람들에게 도움을 주는 사람이 되자.'

작가가 되려면 독서를 많이 해야 하는 게 기본이라고 생각했어요. 열심히 책을 읽다 보면 언젠가는 길이 열릴 거라고 믿었거든요.

"너는 특별해."

"너는 할 수 있어."

"포기하지 마."

"도전해 봐."

책은 항상 저에게 이렇게 말해옵니다.

스스로 특별하지 않다고 여기고 있던 저에게 특별한 존재라고 일깨워주고, 용기 없던 나에게 도전의 기회를 주었던 책. 그렇게 저는, 꿈을 향해 한 걸음 한 걸음 나아가고 있었어요. 가장 빛나는 순간, 꿈을 이루는 그 순간을 위해서요.

，

나는 소중하다.

그 누구도 아닌, 바로 나라서,

세상에 단 하나뿐인 나라서.

– 이청안. 가장 빛나는 순간은 아직 오지 않았다. 레몬북스 –

햇살 좋은 날 평화로운 오후 시간

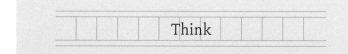

지금까지 살면서 나를 힘들게 했던 사람이나 사건을
떠올려 보세요.

그 일을 통해서 내가 잃은 것은 무엇인가요?

그 일을 통해서 내가 얻은 것은 무엇인가요?

만약, 시간을 돌릴 수 있다면 어떻게 대처할 것인가요?

* 얍! 당당해져라! :
내 인생에 책이 없었더라면

"양수가 많이 부족해요. 다음에도 양수가 줄면 유도 분만 날짜를 잡아야 할 거 같아요."

"양수를 늘리려면 어떻게 해야 해요?"

"사실, 양수가 막달에 늘어나기는 쉽지 않아요. 그래도 물 많이 드세요."

"네. 알겠습니다."

임신 후기, 일주일에 한 번씩 산부인과에 다닐 때였어요. 항상 "주 수에 맞게 잘 크고 있습니다."라는 말만 듣고 집에 왔는데, 오늘은 양수가 부족하다는 이야기를 들었어요.

생명을 다루는 산부인과에서 "주 수에 맞게 잘 크고 있어요." 외에는 별말이 없어서 성의 없는 게 아닌가 생각했는데, 그게 최고의 말이라는 걸 알게 된 순간이었죠. 첫 출산이라 유도 분만이 뭔지도 모른 저는 양수의 양을 늘리기 위해 물을 많이 마셨고 유도 분만에 대해 검색하기 시작했어요.

그리고 그 다음 주, 담당 선생님께서는 "양수량이 조금 더 줄었어요. 유도 분만을 해야 할 거 같아요."라고 말씀하시며 달력을 꺼냈고 저는 미뤘던 출산휴가를 썼어요.

매일 아침 같은 시간에 일어나 출근 준비를 했는데, 이제 집에 있다고 생각하니 너무 즐거울 것 같았어요. 그런데, 막상 출근하지 않고 집에 있으려니 어색했어요. 그래서 아침에 눈을 뜨면 출근할 때처럼 준비하고 무작정 밖으로 나갔어요. 나오긴 나왔는데 막상 어디를 가야 할지 모르겠더라고요. 갈 곳이 없는 제가 생각해낸 곳이 바로 동네에 있는 시립도서관이었어요.

시립도서관은 걸어서 15분 정도 걸려요. 가는 길에는 작은 공원도 있어요. 도서관을 가면서 공원도 산책할 수 있는 일거양득이었어요. 시민들이 무료로 즐길 수 있는 그곳은 책 냄새로 가득했고 마음을 안정시켜주는 힘이 있었지요. 그래서 저는 출산 전 매일 도서관으로 출근했습니다.

　도서관에서 빌려온 책을 읽고 티브이 드라마도 보며 시간을 보내다 첫째를 출산했어요.

　조리원에서 나와 집으로 돌아온 아이는 먹고 자고 싸기만 했지요. 아이가 배고파하면 분유를 주고, 졸려 하면 재워주고, 쉬나 응아를 하면 기저귀 갈아주고 단순했죠. 그래도 놀아달라고 징징거리면 바운스 앉히거나 모빌을 틀어주면 되었어요. 육아 전쟁이라고 하던데, 저는 아이를 키우는 것보다 말 못 하는 아이와 온종일 집안에만 있어야 하는 게 힘들었어요. '입에서 단내난다.'라는 말 아시나요? 말을 너무 안 하는 제 입에서는 단내가 나더라고요. 말 못 하는 아이와 외출하지 못하고 집에서만 지내는 건 정말 지루하고 우울했어요. 그나마 책을 읽으면 저자와 이야기하는 것 같고 시간을 헛되이 보내지 않는 기분이 들었어요.

　대한민국 아이들은 누구나 50일이 되면 예방접종을 의무적으로 해야 해요. 그래서 아이 대부분이 50일쯤 첫 외출을 해요. 저역시 아이가 50일 때 첫 외출에 성공했죠. 오랜만에 하는 외출에 저는 너무 신이 났어요. 집안 공기와 다르게 바깥공기는 매우 상쾌했어요.

예방접종을 시작으로 아이와 산책을 시작했어요. 아이의 컨디션이 좋거나 혹 유모차에서 잠이 들면 도서관으로 향했습니다. 외출 준비는 혼자일 때보다 훨씬 오래 걸렸지만, 집에만 있는 것보다 잠깐이라도 외부 공기를 마시는 것이 좋았어요. 밖에 나오니 그날의 날씨, 지나가는 사람들, 풍경 등 아이와 이야기할 대화거리가 더 많았어요. 한번은 용기 내어 아이와 카페에 갔었어요. 주문한 커피가 나왔고 가방에서 책 한 권을 꺼냈어요. 감격스러웠습니다. 아이와 함께 카페에서 책을 펴볼 수 있다는 사실이 믿어지지 않았어요. 답답한 가슴이 뻥 뚫리는 기분이었어요.

어느 날, 인터넷서점 쇼핑을 하다가 〈어린 왕자〉를 보았어요.

'어랏! 이 유명한 책을 나는 왜 그동안 한 번도 안 읽었을까?' 생각하며 바로 주문했어요. 빨리 읽고 싶은 마음뿐이었죠. 그러려면 아이가 자야 했어요. 불도 다 끄고 자장가도 불러주고 토닥토닥해 주어도 아이는 좀처럼 잠이 들지 않았어요. 일찍 재우려는 조급한 마음을 가지고 있어서였을까요? 아이의 눈은 '엄마, 나는 잘 생각 없어요. 그냥 포기하세요.'라고 말하고 있었어요.

"그래, 그럼 우리 같이 〈어린 왕자〉나 읽을까? 엄마랑 같이 책 읽고 싶어서 안 자는 거지?"라고 혼잣말을 하며 아이를 품에 안고 소리 내서 책을 읽기 시작했어요. 아이는 가만히 앉아서 책에 시선을 두고 제 목소리에 귀를 기울이고 있었어요. 비록 오래가진 못했지만요. 책을 읽을 때면 입에서 단내도 없어졌어요. 그렇게 저는 한 달에 걸쳐 책 한 권을 아이와 함께 완독했습니다. 그 유명한 〈어린 왕자〉를 엄마가 된 후 처음 읽는 저와는 달리, 우리 아이는 태어나고 100일도 안 돼 완독했다는 흐뭇함, 그리고 함께 완독했다는 즐거움이 가득했어요.

초보 맘인 제게 책은 육아 동지였어요.

,

사막이 아름다운 것은
그곳 어딘가에 샘을 감추고 있기 때문인 거야

- 생텍쥐페리. 어린 왕자. 인디고 -

본인보다 어린 동생의 눈높이에 맞춰서 책을 보여주는 자상한 오빠와
그 책을 집중해서 보는 동생

산후 우울증이나 육아 우울증을 경험한 적이 있으신가요?
만약, 경험한 적이 있다면 어떻게 극복하셨나요?

산후 우울증이나 육아 우울증으로 힘겨워하는 다른 엄마들에게
위로의 말을 해 준다면, 어떤 말을 건네고 싶으신지요?

* 이번 주는 어디로 떠날까? :
카라반 독서

어느 날, 소파에 앉아 휴대전화만 보고 있는 남편 옆에 앉으며 물어봤어요.

"자기, 뭐해?"

"이것 좀 봐."

화면에는 카라반 영상이 나오고 있었어요.

"저거 타고 캠핑 다니면 편하겠지? 우리처럼 어린 애들 있는 가정에서 이거 많이 사더라고."

"진짜 그러네. 정말 좋다."

"우리도 이거 살까?"

"엥? 안되지!"

며칠 후, 남편은 심각한 표정으로 휴대전화를 보고 있었어요.

"자기, 뭐해?"

"카라반 보고 있어."

"아니, 사지도 않을 건데 왜 보고 있어? 안 산다니까!"

"그래 안 사. 그냥 보는 거야."

며칠 후 주말, 외출하고 집으로 돌아가는 길이었어요. 남편이 조심스레 말문을 열었어요.

"나온 김에 여기 카라반 매장 있는데 잠깐만 들렀다 가자."

"뭐? 무슨 카라반이야? 애들 힘들어. 그냥 가!"

"이 근처라서 그래,"

"아니, 사지도 않을 거 뭐하러 봐?"

"안 사더라도 여기까지 오기 힘드니까, 온 김에 잠깐만 보고 가자."

그렇게 신랑의 집념과 끈질김에 두 손 두 발 다 들게 되었어요. 잠시 후 저는, 남편과 마주 앉아 카라반을 사기 위해 얼마를 끌어올 수 있는지 계산하고 있었습니다. 그리고 그때가 첫째가 두 돌을 앞둔 터라 제가 말했어요.

"어차피 살 거면 빨리 사! 두 돌 기념 여행 가게."

"알았어! 알아보고 있어."

신랑과 저는 신혼 때부터 캠핑을 즐겼어요. 첫째가 태어나고 100일 즈음에도 캠핑하러 갔었죠. 그 뒤로 둘째 임신과 출산으로 자주 다니지 못했고, 다시 캠핑을 시작하려면 시간이 오래 걸릴 거라고 생각했어요. 하지만 카라반 덕분에 시간이 많이 앞당겨졌어요.

두 돌 생일을 맞이한 첫째와 이제 6개월이 된 둘째의 짐은 예상했던 것보다 더 많았어요. 캠핑 내내 전쟁을 치르는 듯했지만, 첫 카라반 캠핑에 성공한 우리 가족은 카라반으로 전국 여행이라는 공통된 작은 꿈을 가지기 시작했어요. 그전에는 주말마다 아이랑 가기 좋은 곳이 어딘지 검색하며 어딜 갈지 고민했다면, 지금은 "이번 주에는 어디로 떠날까?"로 바뀌었어요.

짐 챙기기의 달인이 되어갔고, 짐을 꾸리고 정리할 때만큼은 신랑과 이 세상 누구보다 완벽한 호흡을 자랑하는 파트너가 됩니다.

다들 부부싸움 하시죠?

저희 부부도 많이 싸우는데요. 한번은 부부싸움 후 캠핑을 취소하고 집에 있었어요. 모처럼 아빠가 집에 있는 이 황금 같은 주말에 아무것도 안 하고 집에만 있으니 시간이 너무 아까웠어요. 그 당시 남편도 같은 생각을 했는지 그 후로 저희는 싸우더라도 캠핑은 떠납니다.

캠핑하러 가면 자연이 놀이터가 돼요. 물론 장난감도 챙겨가지만, 아이들은 자연과 어우러져 놉니다. 그런 아이들을 보고 있으면 정말 행복해요. 아이들 뒤로 펼쳐지는 파란 하늘과 바다를 보면 마음속 근심·걱정도 사라져요. '아! 평온하다.', '아! 평화롭다.'라는 생각이 절로 들어요.

글을 쓰는 작가에게 평온함과 평화로움은 어떤 걸까요?

저는 캠핑을 하러 갈 때 책을 2권씩 들고 다닙니다. 1권을 다 읽을 경우를 대비, 혹은 1권이 재미가 없어서 잘 안 읽힐 경우를 대비해서 2권을 가지고 다녀요.

평화로움이 가득한 그림 같은 공간에서 독서를 하겠다고 책을 펼치면요, 사실 책은 눈에 잘 안 들어와요. 그냥 평화로운 배경을 보게 돼요. 생각에 잠기거나 사색을 하거나, 아무런 생각 없이 멍

하게 있기도 해요. 글을 쓰는 사람이 되려면 이런 사색의 시간이 필요하다고 하잖아요. 고맙게도 우리 가족은 저에게 이런 시간을 너무 많이 만들어 줬어요.

아이들과 누워서 하늘에 있는 별을 보며 유치하게 이야기하고 놉니다.

"저 별은 아빠별, 저 별은 리아별, 저 별은 로이별, 저 별은 엄마별."

로이가 정해 준 제 별은 작지만, 유난히 반짝거려요. 낮에도 밤에도 항상 그 자리에서 반짝이고 있었겠지요? 별처럼 저의 꿈이 더 반짝일 수 있도록 알게 모르게 도와주는 가족들에게 고맙다고 말하고 싶어요.

"이번 주는 어디로 떠날까?"

,

나와 아이는
당신의 허들이 아닌 발판이에요

- 장수연, 처음부터 엄마는 아니었어, 어크로스 -

첫째의 두 돌 기념으로 떠난 첫 카라반 여행

				Think				

최근 나를 힘들게 하는 걸 떠올려 보세요. 그리고 무엇 때문에 힘든지 적어 보세요. ('~때문에 ~하지 못한다.'라고 적어 보세요)

ex) 코로나19 때문에 가정 보육하는 날이 많아 힘들다.
저녁 8시 야식이 너무 먹고 싶었지만, 다이어트 때문에 못 먹었다.

위 문장에서 '때문에'를 '덕분에'로 수정해서 긍정적인 메시지가 되도록 바꿔볼까요?

ex) 코로나19 덕분에 아이들과 함께하는 시간이 많아 소중하고 감사한 시간을 보내고 있다.
다이어트 덕분에 야식을 금지하고 있어 건강해지고 있다.

도서관 회원증

이번 주말도 어김없이 캠핑을 떠날 준비를 했습니다. 밑반찬이랑 김치는 먹을 만큼만 반찬 통에 조금씩 옮겨 냉장고에 넣어놓았어요. 이불이랑 배게, 수건, 옷들은 미리 챙겨서 카라반에 실어 두기 위해 바쁘게 움직였어요. 카라반은 마당에 주차되어 있었기에 창문으로 아이들을 확인하며 정리를 마치고 집으로 들어왔어요.

그런데! 부엌이 뿌연 연기로 가득했어요. 무언가 타는 냄새가 강하게 났고 아이들의 안전을 먼저 확인한 다음 냄새를 따라가 보았습니다. 오마이갓! 보조 주방에서 가방이 타고 있어요.

주방 옆에는 다용도실이 크게 있는데, 그곳에는 세탁기와 건조기, 김치냉장고와 창고 그리고 보조 주방이 있어요. 보조 주방에는 잘 사용하지 않는 하이라이트가 있어요. 그런데 웬일인지 캠핑 준비를 하는 그날 다용도실에는 수확한 고구마에, 홍시가 되길 기다리는 감들에, 정리 못 한 택배 상자까지 지저분하게 널려져 있었어요. 당장 떠날 캠핑 준비가 더 급했던 저는 다용도실에 있는 짐들을 제대로 정리하지 않고 짐을 꾸렸고, 그러다 가방과 작은 박스 하나를 하이라이트 위에 올려두는 엄청난 실수를 저지르고 말았던 것입니다.

그러고 보니 조금씩 정리할 때도 탄내가 난다고 느꼈는데, 시골이다 보니 다른 집에서 무언가를 태우나 생각하고 넘겼어요. 남편은 가끔 저보고 둔하다고 이야기를 하곤 했는데, 집에서 가방이 타는 것도 모르고 카라반에 가서 짐 정리를 한참하고 왔으니 정말 둔하긴 둔하네요.

켜져 있는 하이라이트의 불을 끄고 탄 가방은 뒷마당에 내놓았어요. 창문을 열어 환기를 시켰습니다. 다행히도 큰 사고로 번지지 않았어요.

어느 정도 환기가 되고 나서, 뒷마당에 내놓았던 가방을 가지고 들어왔어요. 친정 부모님이 올해 초 제 생일 선물로 백화점 가서 사준 가방이었어요. 1년도 안 된 그 가방은 녹아내렸어요. 그리고 가방 안에 있던 물건을 꺼내는데, 아뿔사! 지갑도 녹아내려 있었어요. 제가 가장 많이 쓰는 카드가 2장이 있는데, 그 두 장의 카드 역시 녹아버렸습니다.

'아. 카드 재발급 받으면 귀찮은 게 한둘이 아닌데.' 한숨이 저절로 나왔어요.

지갑에는 도서관 회원증도 있었어요. 그런데, 녹아내린 2장의 카드 바로 뒤에 있던 도서관 회원증은 아주 멀쩡했습니다. 사용할 수 없게 된 2장의 카드 때문에 한숨을 쉬었는데, 그 사이에서 살아남은 도서관 회원증을 보고 있자니 웃음이 나더라고요.

'책은 나와 운명이구나. 카드는 쓰지 못하게 되었지만, 책을 계속 빌려 보라고 도서관 회원증 너는 멀쩡히 살아있구나.'

카드는 안 쓰면 돈이 새 나가는 것을 방지할 수 있고, 도서관 회원증은 책을 빌려 볼 수 있잖아요. 살아남은 도서관 회원증이 너무 기특했어요. 한참을 바라보다 도서관 사이트에 들어갔습니다. 읽고 싶은 책이 있는데 읽을 시간이 없다는 핑계로 계속 미뤘던 책들의 대출을 예약했어요. 살아남은 도서관 회원증을 보니 왠지 그래야만 할 것 같았어요. 정리가 끝나고 아이들을 불러 가방과 지갑, 카드를 보여주며 위험했던 상황을 설명해 주었어요.

그 얘기를 들은 막내딸이 "엄마, 일루와 봐, 일루와 봐." 그러는 거예요. 아이를 따라가니 하이라이트 스위치를 가리키며 "엄마, 내가 이거 이렇게 돌렸어요."라고 말하는 게 아니겠어요? 사실대로 이야기해 주는 딸에게 고마운 마음이 들었어요.

'리아야, 그래도 9단으로 안 켜고 3단으로 켜 줘서 고마워. 9단으로 켰으면, 정말 큰일 났을 거야. 그리고 사실대로 이야기해 준 것도 정말 고마워.'

무언가를 하고자 하는 마음을 내는 순간,
바로 그 결과가 그 마음 안에 담겨 있습니다.

– 혜민스님, 멈추면 비로소 보이는 것들, 쌤앤파커스 –

책 선정부터 전시까지 직접 하는 우리만의 특별한 계단도서관

Think

🖊️ 특별히 아끼는 물건이 있나요? 아끼게 된 이유는요?

🖊️ 그 물건은, 내가 잊고 지냈던 혹은 지금 이루어 가고 있는 꿈과 연관이 있나요?

🖊️ 그 물건에 고마워하는 마음 또는 꿈을 이루라는 응원을 한 줄로 표현해 보세요.

책만 읽으면 다야?

"아니, 어떻게 그런 생각을 할 수가 있어?"

"왜? 자기가 이상한 거 아니야?"

"아니, 나는 오빠가 이해가 안 돼."

"이게 왜 이해가 안 돼? 이것도 이해 못 하면서 책을 왜 봐? 책만 보면 다야?"

"여기서 책 얘기가 왜 나와?"

"너 맨날 책 보면서 이런 것도 이해 못 하는데, 책 왜 보냐?"

"그러게. 내가 그래서 더더더 아주 더 많이 읽어야 하는데 읽을 시간이 없다!!!"

"아니, 자기는 책도 많이 보면서 마음의 양식을 쌓는 사람이 왜 이걸 이해 못 하는 거야?"

"마음의 양식이 더 필요한가 보지 뭐!"

아이를 키우면서 육아서를 많이 읽었어요. 대부분 육아서에서 공통으로 하는 이야기 중 하나가 '아이 앞에서 부부가 싸우는 모습을 보이지 말라.'라는 거예요.

"자기야. 우리 앞으로 싸울 일 생겨도 애들 자면 싸우자." 다짐해 놓고도 오늘도 아이 앞에서 언성을 높입니다. 마음의 양식을 쌓을 수 있다는 책. 제가 남편보다 훨씬 더 많이 읽거든요? 그럼 제가 더 이해해야 하는데 사실은 그러지 못해요. 용서와 이해에 왜 이렇게 인색한지 모르겠어요.

육아서에 나와 있는 양육 기술들을 남편과 싸울 때 사용해 봤어요.

"아. 오빠는 그런 마음이었구나."

"그래. 그럴 수도 있겠다." 잘 나가다가,

"그래도 그건 아니지." 진심이 툭! 튀어 나와 버려요.

"뭐! 무슨 말이 그래?" 결국, 남편의 목소리가 커집니다.

싸울 때마다 현명하게 대처하려고 시도하지만, 현실은 그게 잘 안 돼요. 책에서 배운 대로 상대의 입장에서 생각하고 대화를 시도하지만, 대화가 몇 번 오고 가면 모든 평정심이 사라져 버려요. 나도 모르게 입 밖으로 안 좋은 말들이 쏟아져 나오기 시작해요.

머리로는 분명 '싸울 일이 아닌 거 같은데, 그만해야겠다. 책을 조금이라도 더 읽은 내가 멈춰야겠다.' 생각하고 있는데, 생각과 달리 마음에도 없는 말이 먼저 나와 버려요. 상대의 마음을 아프게 할 이유가 전혀 없음에도 불구하고, 상처가 되는 말을 누가 먼저 더 많이 하나 내기라도 하는 것처럼 서로가 서로에게 열심히 상처를 줘요. 100번 상처를 주고 나면 100번 후회를 하는데 왜 안 고쳐지는지 모르겠어요.

용서라는 단어가 어울리지 않을 만큼, 아주 사소한 사건으로 시작된 일인데 왜 예민하게 반응하는 것일까요? 가까운 사이일수록 예의를 지키고 조심해야 한다는데, 편하다는 이유로 잘 안 되는 걸까요? 내가 먼저 상대의 마음을 읽어 주었으면 상대도 내 마음을 한 번쯤은 보듬어 줘야 한다는 생각, 욕심인가요?

상대가 변하기를 바라지 말고 내가 상대를 더 이해하려고 해야 하는데 잘 안 돼요. 진정한 이해와 용서를 알아가는 그날까지 마음의 양식이 더 필요한가 봅니다.

그날 저녁, 남편과 마주 앉아 또다시 이야기합니다.

"우리 진짜 별거 아닌 거로 또 왜 그랬지?"

"그러게. 안 그래야 하는데 말이야."

"아까 그 말은 진심이 아니야. 신경 쓰지 마."

"그래. 나도 아까는 미안해."

"화해의 의미로 건배하자."

마음의 양식을 위해 오늘도 책을 읽습니다.

,

사람이란 본래 자기 말에 귀 기울여주고,

가치를 인정해주고,

의견을 물어주는 사람에게

보답하기 마련입니다.

– 스튜어트 다이아몬드. 어떻게 원하는 것을 얻는가. 에이트포인트 –

때로는 나를 힘들게 하지만. 내가 세상에서 가장 사랑하는 두 남자

🖋 나는 가족들에게 어떤 아내, 어떤 엄마가 되고 싶으신가요?

    ex) 항상 내 편이 되어 주는 엄마, 그리고 아내

🖋 가족들은 내가 어떤 아내, 어떤 엄마가 되길 원하나요?

🖋 오늘 저녁에는 가족들과 둘러앉아 서로에게 어떤 사람이 되고 싶
은지, 또 남편과 아이들은 어떤 엄마와 어떤 아내를 원하는지, 물
어보는 시간을 가지면 어떨까요?

* 그런 걸 언제 다해? :
책 읽는 엄마들

개인적인 시간이 가장 많았을 때는 둘째를 배 속에 품고 있을 때였어요. 첫째가 어린이집에 있는 동안에 저만의 시간을 가질 수 있었죠. 혼자 있는 이 시간에 책을 읽으려 했지만, 자꾸만 쳐지고 누워만 있고 싶고 그래서 텔레비전을 시청하며 시간을 낭비하고 있었죠. 시간을 허투루 보내는 저에게 실망하기도 했어요. 이렇게 는 안 되겠다고 생각한 저는 그동안 해 보고 싶었던 독서 모임에 참여하게 되었어요.

처음 시작한 독서 모임은 다양한 연령대로 구성되어 있었어요. 나이도 취향도 방향도 다른 사람들이기에, 선정된 책은 나라면 전 혀 고르지 않을 분야의 책들도 많았어요. 매일 비슷한 분야의 책 만 보던 저는 독서 모임을 통해 다른 분야의 책도 접하게 되었죠.

같이 읽고 서로의 생각을 공유하며 책 수다를 떠는 건 정말 신선하고 흥미로웠어요. 독서 모임을 끝내면 바로 다음 모임이 기다려질 정도였어요.

날이 좋은 날은 야외로 나가 분위기 좋은 카페에서 모임을 가졌는데, 이것 또한 빼놓을 수 없는 즐거움이었어요.

모임에서 선정된 책을 읽고 함께 생각을 공유해야 하기에 책을 읽지 않고 간다는 건 다른 회원들에 대한 예의가 아니었어요. 저는 모임의 막내였기에 책을 더 열심히 보게 되었고 이때 책 읽는 습관이 생긴 계기가 된 거 같아요.

너무도 즐겁게 독서 모임을 이어가던 중 둘째 출산과 육아로 인해 제 인생 첫 독서 모임은 더는 지속하지 못하게 되었어요.

둘째가 태어나고 책과 거리가 멀어진 저를 보며 마음을 다잡고 아이 동반이 가능한 또 다른 독서 모임을 찾아 나섰어요. 이번에는 꽤 오랜 시간 이어져 온 독서 모임에 합류하게 되었어요. 다들 아이를 키우고 일하면서도 책을 열심히 읽는 모습이 정말 놀라웠어요. 뒤늦게 합류한 저는 이번에도 역시 선정된 책을 기간 안에 완독하는 걸 목표로 삼았어요. 뒤늦게 합류해서 기존 분들에게 피해를 줄 수는 없었기에 책이라도 열심히 읽어야겠다고 생각했죠. 그렇게 저는 어린아이를 아기 띠로 안아 재우며 두 번째 독서 모임을 시작했습니다.

종종 저에게 육아하면서 책까지 읽는다고 대단하다고 말하는 사람들이 있어요. 그런데 독서 모임에 와 보니 저는 정말 아무것도 아니었더라고요. 모임에는 일하면서도 시간을 쪼개 독서 모임에 참석하시는 분, 재택근무를 하며 모임을 이어오신 분, 주말부부로 독박 육아 중에도 꾸준히 모임을 지속하신 분, 아이를 기관에 보내지 않아 24시간 아이와 붙어있으면서도 모임에 빠지지 않으시는 분, 아이 둘을 키우면서 이것저것 배우고 도전하며 바쁘게 사시는 분까지 저는 명함도 못 내밀 정도로 시간을 낭비하지 않음은 물론, 자기계발도 게을리하지 않는 모습에 뒤통수를 한 대 맞은 기분이 들었어요.

'나는 그동안 뭘 한 거지?'라는 생각이 가득했어요.

다들 비슷한 나이의 아이를 키우는 분들이라 책뿐만 아니라 육아라는 공통점이 있었고, 국가와 지자체에서 해 주는 교육과 정보들도 많이 공유해 주었어요. 저는 선정된 책 하나 읽기도 사실 빠듯했어요. 그런데, 일도 하고 책도 읽고 여기저기서 하는 프로그램에도 참석하고 심지어 다른 스터디 모임까지 하는 모습을 보며 정말 대단하다고 느꼈어요. 이야기하다 보면 이분들 드라마도 보고 영화도 봐요. '뭐지? 도대체 저걸 다 언제 하는 거지? 말이 돼?' 저는 결국 유치하지만 정말 궁금한 질문을 던집니다.

"시간이 되세요? 그걸 언제 다 하세요?"

일도 독서도 육아도 무엇 하나 소홀히 하지 않는 그분들을 보면서 나도 더 열심히 살아야겠다는 자극을 받았어요. 육아와 독서만 간신히 했던 저는 이제 더 많은 것에 관심을 두고 도전하게 되었어요. 그렇게 1년쯤 되었을 때, 친구가 저에게 질문하더라고요.

"애들 보면서 그런 걸 언제 다해? 시간이 돼?"

내가 받은 좋은 영향력, 나에게 좋은 영향력을 주었던 분들처럼 저도 좋은 영향력을 주는 사람이 되고 싶다고 생각합니다.

,

우리는 늘 누군가의 도움을 받으며 살아갑니다.
나는 그 모든 것들의 고마움을 알고 있습니다.

– 김종원. 아이를 위한 하루 한 줄 인문학. 청림라이프 –

주변에 나에게 좋은 영향력을 주는 사람들이 있나요?

ex) 육아, 일, 자신 이 3가지를 모두 놓치지 않고 시간을 잘 활용하며 삶의 조화를 이루는 엄마들

좋은 영향력을 주는 그 사람들을 보면 무슨 생각이 드나요?

ex) 이 정도로 힘들다고 주저하면 안 되겠다. 더 열심히 살아야겠다.

나는 누구에게 어떤 영향력을 주는 사람이라고 생각하나요?

나는 누구에게 어떤 영향력을 주는 사람이 되고 싶은가요?

* 마법이 일어나요 :
피로회복제

"스트레스는 만병의 근원이다."

저는 평소에 스트레스를 안 받으려고 노력해요. 그래도 살다 보면 스트레스를 아예 안 받을 수는 없지요. 스트레스를 받으면 그때그때 해결하려고 합니다. 사람마다 스트레스를 푸는 방식이 다르잖아요. 혹시, 스트레스를 해소하는 나만의 방법이 있나요?

육아하면서 받는 스트레스가 있어요. 퇴근한 남편을 붙들고 오늘 이런 일이 있어서 힘들었다고 이야기해 봐도 해결이 안 되더라고요. 그렇다고 말도 제대로 하지 못하는 아이를 붙들고 대화를 할 수도 없는 노릇이었어요.

그래서 제가 찾은 육아 스트레스를 날리는 방법은 육아서를 읽는 것이었어요. 육아서는 저처럼 아이를 키우는 엄마를 위한 책이니 제 마음을 헤아려 주고 공감해 줄 거로 생각했죠. 스트레스를 날리기 위해 자리를 잡고 육아서를 펴고 읽으면, 위로받는 것은 물론 힘들어했던 나를 반성하게 되고 또 이 상황에 감사하게 되는 신기한 마법이 일어났어요.

육아서는 저에게 '아이들 때문에'라는 말 말고 '아이들 덕분에'라는 말을 해야 한다고 일침을 주기도 했어요. 말로 나오지 않았지만 속으로 '너희 때문에 정말 힘들다.' 생각했던 저 자신이 초라해지더라고요. 아이들 덕분에 행복한 일이 얼마나 많은데, 그 감사함을 잊고 힘들다고 투정을 부렸다니 부끄러웠어요.

살면서 육아 스트레스만 있을까요? 삶이 주는 스트레스도 있어요. 아무리 스트레스를 받지 않으려고 해도 스트레스를 받는 것이 사람이라고 생각해요. 공자, 맹자와 같이 큰 깨달음을 얻어 이미 해탈하신 분들을 제외하고는 현대인들 누구나 스트레스를 받으며 살아가요. 그럴 때도 책을 펼쳐요. 책을 보면 처음부터 탄탄대로 성공하는 사람은 없어요. 그들도 나와 같이 아픔이 있고 슬픔이 있고 사연도 있어요.

'내 인생은 왜 이렇게 힘들까?'라는 생각을 가지고 책을 펼쳤지만, '이 정도는 극복해야지.'

'다들 이러고 사는구나!'

'나만 유별난 게 아니야.'라는 생각으로 변해요.

내 인생은 왜 이런가 싶을 때,

삶이 힘들 때,

내 뜻대로 되는 일이 없을 때,

위로가 필요할 때,

책을 펴세요.

당신의 마음에 신기한 마법이 펼쳐질 거예요.

글은 여전히 힘이 세다

- 아프니까 청춘이다. 김난도. 쌤앤파커스 -

내 삶의 이유, 우리 가족

				Think				

✎ 엄마가 되기 전에 가지고 있던 취미나 나만의 힐링 방법은 무엇이
었나요?

ex) 혼자 여행 가기, 쇼핑하기

✎ 나만의 힐링 방법을, 엄마가 된 지금 어떻게 하면 실천할 수 있을
까요?

ex) 남편에게 하루만 아이를 부탁하고 당일치기라도 바닷바람을 쐬고 온다.
오늘 하루 나에게 투자할 수 있는 금액을 정한다. 적어도 좋다.
오늘은 그 돈을 다 소비한다고 생각하고 쇼핑을 시작한다.

지금 내게 주어진 환경에서 스트레스를 해소할 수 있는 다른 방법은 무엇이 있을까요?

ex) 좋아하는 음식을 배달 시켜 배가 터질 때까지 먹는다.
드라마를 정주행한다.
미용실이나 네일샵에 가서 관리받는다.

CHAPTER 4

봐요, 되잖아요:

책 쓰는 엄마

* 내 마음 리부트 :
새 출발의 설렘

"여기가 우리 살기에 딱 좋은 거 같아."

지어진 지 30년 가까이 된 복도식 아파트였지만 그 외 부수적인 조건들이 마음에 들어 결정했습니다. 아파트 자체가 워낙 오래돼서 일부는 수리가 필요했어요. 화장실은 리모델링해야만 했고, 새시는 워낙 오래돼서 창문과 창문틀이 잘 맞지 않아 제대로 닫히지도 않아서 해야 했고, 복도식이다 보니 찬 바람을 막아 줄 중문도 필요했어요. 필요에 의한 건지 욕심에 의한 건지 알 수 없는 수리 목록을 만들었어요. 신랑이 다른 지역에 살고 있었기에 신혼집 근처 인테리어 업체를 돌아다니며 견적을 내는 일은 제가 하기로 했죠.

"안녕하세요. 요기 앞 아파트인데 이 정도면 견적이 얼마나 나올까요?"

생각했던 예산보다 더 큰 금액에 몇 번의 큰 좌절을 겪고 인터 넷으로 알아보기 시작했어요. 인테리어 카페에 도면과 수리 목록을 올리고 '견적이 얼마나 나올까요?'라고 질문을 던졌어요.

여기저기 업체에서 답이 왔고 여전히 예산을 뛰어넘는 금액이 었습니다.

"휴…"

비싼 견적에 지친 저는 아무것도 안 알아보는 남편에게 괜히 화가 났어요.

"오빠는 인테리어 하는 거에 별로 관심 없지?"

"아니야, 우리 신혼집인데 나도 우리 집 이쁘게 시작하고 싶지!"

다행이었어요. 남편도 나랑 같은 생각이라니.

"근데, 진짜 어떡하지? 새시가 비싸던데 포기해야 하나?"

"내가 한번 알아볼게."

신랑은 저에게 구체적으로 어떻게 꾸미고 싶은지 찾아서 사진을 보내 달라고 했어요. 저는 그날부터 신혼집 인테리어를 검색하기 시작했습니다. 예쁘게 꾸민 사진들을 보니 우리 집인 것처럼 느껴지면서 참 설레더라고요.

"오빠, 나 이것도 이쁘고 저것도 이쁘고 너무 고민돼."라며 행복한 고민을 하기도 했어요.

그리고 며칠 후 공사를 시작했습니다. 예산도 크게 벗어나지 않은 채 말이죠. 상가 건물에 있는 인테리어 가게의 문을 열고 들어가 견적을 받았던 저와 달리 남편은 화장실, 신발장과 싱크대, 도배와 장판, 새시, 타일, 목수 전부 개별적으로 알아봤어요. 업체에 일괄적으로 맡기는 것보다 가격은 훨씬 저렴했지만, 남편의 머리는 터지기 직전이었어요. 머리를 쥐어짜며 간신히 업체들을 선정하고 나니 이번에는 공사 스케줄이 문제였어요. 모두 다른 곳에서 공사하기에 일정 맞추는 것 역시 신랑 몫이었죠. 그 모습을 보는데 안쓰러울 지경이었죠. 그 와중에도 틈틈이 직접 할 수 있는 건셀프로 하다 보니 신혼집에 정말 애정이 많이 가더라고요.

공사가 끝나고 집을 보는데 뭉클했어요.
"우와! 우리 집 진짜 이쁘다. 고생했어, 오빠."

아무것도 없는 빈집에 수시로 들락거리며 입주할 날을 손꼽아 기다렸어요. 바닥에 신문지를 깔고 짜장면을 시켜 먹은 적도 있었답니다. 날짜가 되어 가구가 들어오기 시작하니 모델하우스 같았고 당장 들어가 살아도 될 정도였죠. 설레는 감정은 배가 되었어요.

'아, 이제 진짜 같이 사는 건가?'
'부부가 되는 건가?'
'가족이 되는 건가?'

누구에게나 신혼집이 주는 의미는 특별할 거예요. 저 역시 그래요. 서로 다른 너와 내가 만나 결혼하고 함께 시작하며 다투고 싸우면서 맞춰가던 공간, 첫 아이 임신, 그 아이와 지냈던 이곳, 그리고 둘째 아이 임신이 모두 신혼집에서 이뤄졌어요. 우리 식구의 추억이 정말 가득한 곳이에요. 그런데, 저는 둘째 임신과 함께 큰 평수를 바랐습니다.

"오빠, 여기서 아이 둘 키우기는 너무 좁지 않아?"
"왜, 이사 가고 싶어?"
"응. 여기보다 좀 큰 평수로 가고 싶어."
"지역은? 어디든 상관없어?"
"어! 큰 평수면 돼."

근무 특성상 전국으로 출장을 다니는 신랑은 지도상 우리나라의 가운데 위치한 대전이나 세종은 어떠냐고 물어봤어요.

'세종?' 언뜻 듣기로 세종은 스마트시티라던데, 저는 머릿속으로 세종에 대한 이미지를 그려봤어요. 세종은 아파트마다 수영장도 있고 BRT라는 대중교통도, 새로운 교통수단도 있다는데, 머릿속에 해외여행 당시 보았던 모노레일이 떠올랐어요. 아파트마다 야외수영장, 실내수영장, 찜질방이 있고 도시에는 BRT라는 이름의 모노레일이 머리 위를 달리는 상상을 했어요.

"오빠! 세종 괜찮은 거 같아, 우리 집 알아보러 가 보자."

엄청난 한파가 왔던 2018년 겨울, 우리 가족은 세종에 집을 알아보러 내려갔어요. 그날따라 앞이 안 보일 정도로 안개가 가득했고 추운 날씨 탓인지 거리에는 사람도 거의 보이지 않아 유령도시 느낌을 받았어요. 제가 그려왔던 스마트 도시의 모습은 찾아볼 수가 없었죠.

그래도 먼 거리를 시간 내서 내려왔으니 부동산을 돌기 시작했고 집도 몇 군데 구경할 수 있었죠. 오래된 아파트에 살던 저는 세종에 있는 아파트가 대부분 신축이라 그런지 보는 대로, 보여주는 대로 마음에 들었어요.

"우와! 좋다."

"우와! 오빠 여기도 좋다."

"여기가 더 좋은 거 같아."

시골 촌년이 서울 와서 큰 도시를 바라보며 감탄하듯이 저는 새 아파트에 넋이 나갔어요. 그리고 집으로 돌아와 누웠는데 세종에서 본 아파트가 천장에 아른거렸어요.

사람이 참 간사하죠? 신혼집에서의 추억들과 애정은 뒤로하고 한 번 가 본 다른 지역의 아파트에 마음을 뺏긴 것이.

그렇게 우리 가족은 아무런 연고도 없는 세종으로 거주지를 옮기기로 했습니다.

그런데 웬일인지 이사 준비를 마치고 신혼집을 나올 때 저는 결국 울었어요. 큰 집으로 이사하는 설렘이 크다고 생각했는데, 내 추억에 다른 이들이 들어온다는 사실에 슬펐을까요? 더는 이곳을 올 수 없다는 사실에 슬펐을까요? 애정이 가득한 우리 신혼집을 팔았다는 사실에 슬펐을까요? 알 수 없는 눈물이 한참을 흘러내렸습니다.

세종에 온 저는 언제 울었냐는 듯 큰 집에 만족했어요. 새로운 지역에 아는 사람도 전혀 없었지만, 오히려 그런 점이 새 출발이라는 설렘을 더해 주었죠.

신혼집을 꾸밀 때와는 또 다른 기대감이 저를 찾아왔어요. 신혼집의 추억에 젖어 떠나오지 못했다면 느낄 수 없는 설렘임과 기대감이었을 거예요. 그리고 지금 저는 새로운 곳에서 새로운 사람들을 만나고 새로운 삶을 살고 있어요.

익숙한 일상 속에서 변화를 주는 게 망설여진 적 있으신가요?

새로운 출발, 새로운 환경, 새로운 도전은 두려움과 설렘을 동시에 주는 거 같아요. 그리고 그 두려움을 견디면 또 다른 세상이 나를 기다리고 있지요.

시작을 두려워하지 마세요. 당신에게 또 다른 기쁨을 안겨 줄 거예요.

모순에 대한 커다란 긍정, 그런 긍정은
우리의 삶을
새로운 기회로 만들어 줍니다.

– 정목스님. 달팽이가 느려도 늦지 않다. 쌤앤파커스–

해돋이를 보기 위해 떠난 여행. 2019년의 마지막 밤

| | | | | Think | | | | |

🖊 오늘 하루 감사한 일 5가지를 적어 보세요. (감사일기 쓰기)

* 노트북 사 줘! :
독서와 글쓰기 사이

작가를 꿈꾼 건 20대 초반이었어요. 그리고 그 꿈은 지금까지 한 번도 변한 적이 없어요. 작가의 꿈을 꾸기 전에는 평범한 남자를 만나 가정을 꾸리는 것, 특별하지 않게 평범하게 사는 것이 꿈이었어요. 이것도 꿈이라고 불러도 될까 싶었죠. '이건 그냥 희망 사항 아닌가.'

그러나 누군가가 저에게 "넌 꿈이 뭐야?"라고 물어보면 항상 "평범하게 사는 거요"라고 대답했어요. 작가라는 새로운 꿈이 생긴 후에도 대답은 똑같았어요.

"저는 평범하게 사는 것이 꿈이에요."

그러나 마음속으로는 이렇게 외칩니다.

'제 꿈은 작가 되는 거예요.'

'제 이름으로 된 책 한 권 내는 게 꿈이에요.'

진짜 꿈을 왜 숨겼을까요?

여러분은 작가에 대해 어떻게 생각하세요? 제 생각에 작가는 전문 지식인이자 철학가, 교양인의 모습이었어요. 반면, 저는 지식인도 철학가도 교양인도 아니니, 작가라는 꿈은 당연히 이루어질 수 없는 꿈이라고 생각하며 꼭꼭 숨겨 두었어요.

누구에게도 말할 수 없는 비밀, 나의 꿈, 작가.

하고 싶은 게 많았던 20대와는 다르게, 엄마가 되고 나니 할 수 있는 게 많이 없었어요. 시간과 공간의 제약이 많다 보니 독서가 유일한 취미가 되었죠.

어느 날은 책을 읽고 있는데, 읽으면 읽을수록 '엇. 이거 전에 읽었던 적이 있던 책인데?'란 느낌이 들더라고요. 독서 방법이 잘못된 걸까요? 아니면, 출산 때문에 기억력이 저하된 걸까요? 분명 읽었던 책인데 내용이 기억 안 나는 경우가 생기기 시작했어요. 그래서 메모를 시작했습니다. 독서 후에 느낀 점을 메모지에 간단하게 적어 책에 붙였는데, 문제는 그 메모지가 자꾸만 사라지는 것이었어요.

그러다가 SNS를 활용하기 시작했어요. 처음에는 내 생각을 공개하는 것이 너무 쑥스럽고 글로 표현하기도 쉽지 않아 감명 깊었던 문장을 옮겨 적는 수준으로 시작했죠. 한 권, 두 권, 세 권 SNS에 습관적으로 읽은 책을 기록했고, 조금씩 개인적인 느낌과 생각을 담아 독서 후기를 남기기 시작했어요.

그러던 어느 날, 한 출판사에서 연락이 왔어요. 출간된 책을 보내줄 테니 SNS에 서평을 남겨줄 수 있겠냐는 제안을 했죠. 책을 읽고 까먹지 않기 위해 한 기록들은 서평을 쓸 기회를 주었어요. 정말 감사하고 설레는 마음에 저는 좋다는 답변했습니다.

며칠 후 정말 택배가 도착했어요. 책을 협찬해 준 출판사 직원분께 감사한 마음으로 서평을 썼고 다른 출판사에서 또 다른 서평 제안을 받았어요.

'어머나, 세상에, 나에게 이런 일이!' 당연히 제안에 응했고, 다시 한번 감사한 마음을 담아 정성스럽게 서평을 남겼습니다.

'서평단, 너 대체 뭐니?' 인터넷에 서평단을 검색해 봤어요. 서평단이 되면 책을 읽고 서평을 남기면 되는 것이었어요. 출판사에서 책을 홍보하는 방법의 하나였죠. 책을 읽고 기록하는 것이 유일한 취미 생활인 저는 서평단의 매력에 빠졌어요. '한 권이라도 당첨되면 좋겠다.'라는 마음으로 여러 책의 서평단을 신청했는데, 그만 여러 권이 동시에 당첨이 되었어요. 뜻밖이었어요. 당첨의 기쁨도 잠시 기간 안에 모든 책을 읽고 서평을 완료할 수 있을지 걱정이 되었죠. 약속된 기간 안에 서평을 완료하기 위해 잠을 줄여가며 틈틈이 책을 읽었어요. 그리고 불가능할 것 같았던 서평 미션을 완료하였습니다. 자연스럽게 독서시간과 독서량이 늘어났는데, 작은 휴대전화로 서평을 쓰려니 눈도 아프고 시간도 오래 걸렸어요.

"여보, 나 서평 쓰기 너무 힘들어. 노트북 하나 사 줄래?"

남편은 다음 날, 두 개의 노트북 후보를 보여주면서 이건 사양이 어쩌고저쩌고, 저건 용량이 어쩌고저쩌고, 제가 못 알아듣는 말로 열심히 설명해 주었어요.

"내가 뭐 게임을 하는 것도 아니고, 좋은 거 필요 없어."

"이게 가성비가 좋긴 한데, 며칠 전에 할인 많이 했는데 이제 끝났어."

"그럼 다음 행사 기다렸다가 그거 사 줘."

"자기, 서평인가 뭔가 그거 당분간 안 써도 돼?"

"아니. 지금도 하나 쓸 거 있어."

그날 밤, 남편은 노트북을 주문해 주었습니다. 제 꿈이 작가인 것을 유일하게 아는 남편, 그는 그렇게 저의 꿈을 조용히 응원해 주었습니다.

왜 조금 더 일찍 책을 가까이하지 않았을까요? 제가 꿈에 한 걸음 더 가까이 다가가기 위해 시작한 독서가, 그리고 그것을 기록한 작은 변화가 저에게 '글쓰기'라는 기회를 주었어요. 꿈을 향한 탄탄하고 묵직한 한 걸음을 내딛기 시작했습니다.

나의 시간과 에너지는 한정되어 있으니

가치 없는 곳에 쓰지 말 것.

오늘의 나를 행복하게 하는 데 최선을 다할 것

- 정문정, 무례한 사람에게 웃으며 대처하는 법, 가나출판사 -

				Think				

나의 꿈을 이루기 필요한 역량에는 무엇이 있을까요?

ex) 글을 잘 쓰는 것

꿈을 이루기 위해 지금 당장 시작할 수 있는 일은 무엇인가요?

ex) 일기 쓰기, 필사하기, 독후감 쓰기

* 열심히 사는 것 같아? :
그냥 시작하면 될 걸

'기회를 잡는 사람이 성공한다.'라는 말, 많이 들어보셨을 거예요.

배우고 싶은 게 많았던 처녀 시절에는 배우고 싶다는 마음이 들면 바로 시작했어요. 배움에 목적을 두었던 거죠. 그런데, 결혼 후에 무언가를 배우려고 할 때면 많은 생각이 들더라고요. '내가 과연 이만큼의 비용과 시간을 들여서 공부할 만한 가치가 있는가?' 혹은 '끝까지 포기하지 않고 결실을 볼 수 있는가?'라는 생각에 시작하지 못하는 게 참 많았어요.

집콕 육아만 하다 보니 자존감도 떨어지는 것 같고 생산성도 없는 것 같은 마음에, 괜히 인터넷 검색창에 '경단녀', '엄마 자격증'을 검색해 보기도 했죠. 공인중개사, 사회복지사, 보육교사 등 많은 자격증이 나왔고 좀 더 자세히 알아보니 취득하기 위해서는 보통 2년 정도의 시간과 비용적인 부담도 있어 또 고민합니다.

'2년을 투자해서 자격증을 따지 못하면 어쩌지?', '2년 동안 공부한다고 해도 아이들 육아하면서 해야 하는데, 하루에 공부할 시간이 과연 얼마나 될까?', '자격증을 따지 못하면 교육비 아까워서 어쩌지?' 고민하는 날이 길어졌고 조금씩 도전을 포기하고 있었어요.

코로나 19의 영향으로 가정 보육이 길어지자 '그래. 시작하지 않길 잘했네.'라며 자신을 합리화하기도 했답니다. 아이들과 집에서 보내는 삶이 익숙해질 때 즈음, 글쓰기 수업이 눈에 들어왔어요, 고민에 빠진 저는 역시, 여러 가지 핑계로 나 자신을 합리화하며 기회를 포기해 버렸어요.

그리고 포기한 다음 날부터 후회되기 시작했습니다.

책이 저에게 말을 걸어요.

'시간 없다는 건 제일 한심한 핑계야. 너 이거 정말 하고 싶었던 거 아니야? 왜 망설여? 지금 가장 두려운 건 너의 그 두려움이야. 성공하는 사람들은 기회를 놓치지 않는다잖아.' 저 역시 책에게 대답합니다.

'한심한 핑계긴 한데 정말! 정말! 시간이 부족해. 지금도 없는 시간 쪼개서 간신히 독서한단 말이야.'

'왜 그렇게 시간이 부족한 건데?'

'모임도 해야 하고, 애들이랑 놀아주기도 해야 하고, 공부도 해야 하고, 서평단 활동도 해야 한단 말이야.'

대립하는 두 마음은 한 치의 양보도 없었죠. 결단이 필요한 순간, 저는 저 자신에게 질문을 던져 봤어요.

'계속 시간이 부족하다고 하는데, 그럼 너는 지금 열심히 사는 거 같니? 치열하게 사는 거 같니?'라고 물었고 대답은 '나름대로 열심히 살고 있다.'였어요. 그렇게 시간이 없다는 핑계를 대더니 치열하게 사는 건 또 아니었나 봐요.

남편에게도 메시지를 보냈습니다.

'여보, 내가 지금 열심히 사는 거 같아? 치열하게 사는 거 같아?'

대답이 왔어요.

'열심히.'

성공한 사람들은 그냥 열심히 잘살았을까요? 치열하게 살았을까요? 한 번뿐인 인생, 그냥 적당히 살고 싶지 않았어요. 성공하기 위한 목적은 아니지만 꿈을 위해 치열하게 한번 살아 보기로 마음먹고 포기했던 글쓰기 수업을 시작했어요.

그 결과, 시간이 없다는 건 핑계에 불과했다는 것이 증명되었습니다. 시간 관리하며 글쓰기를 시작했고, 하고 싶었던 걸 하니 힘들다는 생각도 들지 않았죠.

오늘도 생각합니다.

'그냥 시작하면 될 걸, 내가 왜 고민했을까?'

지금 인생을 다시 한번 완전히
똑같이 살아도 좋다는 마음으로 살아라

- 강신주, 철학이 필요한 시간, 사계절 -

내 삶의 원동력. 외출이 자유롭던 시절 양떼목장에서 우유 한 잔

			Think			

만약 당신이 1년 뒤에 죽는 시한부 인생을 선고받았다면, 1년 동안 무엇을 하고 싶은가요?

만약 당신이 1달 뒤에 죽는 시한부 인생을 선고받았다면, 무엇이 가장 후회될까요?

* 작가가 될 수 있을까? :
흐린 기억 속의 꿈

1남 1녀 중 막내, 오빠와 5살 차이 나는 저를 부모님은 애지중지 키우셨어요. 부모님의 울타리 속에서 온실 속의 화초처럼 자랐던 저는 사회생활을 하며 크고 작은 상처를 받았지만, 사랑만 받고 자라 상처를 극복하는 방법을 몰랐어요.

그런 저를 위로해 주고 보듬어 준 게 바로 책이에요. 책은 상처를 치유해 줄 뿐 아니라 상처를 준 사람을 용서하는 법을 가르쳐 주었어요. 책을 읽으며 평범하게 사는 걸 꿈으로 간직하고 지내온 제가 정말 꿈 다운 꿈, 무언가가 되고 싶다고 결심합니다. 바로, 책을 쓰는 작가예요. 나를 위로해 주고 품어 주고 있는 그대로 받아 주었던 책! 언젠가 나도 그런 책을 쓰겠다는 꿈을 가졌어요.

한번은 부모님께 작가가 된다고 말한 적이 있었어요.

"나 작가가 되고 싶어."

부모님은 상당히 놀라신 거 같았어요.

"작가는 아무나 할 수 있는 게 아니야.", "작가로 돈 벌어서는 먹고 살기 어려워."라고 말씀하시면서 다른 일을 찾아보라고 하셨어요. 그 당시에는 '왜 내 꿈을 응원해 주지 않는 거지?'라며 이불 속에서 눈물을 흘렸었죠. 그러나 저 역시도 작가가 되는 방법도 작가가 되는 길도 알지 못했었죠. 너무도 막연한, 그야말로 꿈같은 꿈이었죠. 작가라는 꿈은 마음속 끝 방에 넣어둔 채 두 아이의 엄마가 되었습니다.

비록 마음속에 품고 있던 꿈이지만, 포기하지 않았더니 꿈을 이룰 기회가 왔어요. 기회를 놓치기도 해 봤고 여건이 안 돼서 포기한 적도 있었지만, 그때의 아쉬움과 후회가 그다음 기회를 붙잡을 수 있는 밑거름이 되어 지금은 꿈을 이루었어요. 저는 이제 부모님께 당당히 이야기할 수 있습니다.

"아빠, 엄마 내가 작가가 되고 싶다고 말했던 거 기억나? 나 꿈을 이뤘어! 멋있지? 이제는 응원해 주고 칭찬해 줘."

남의 보석만 부러워하지 말고
너 스스로 다이아몬드가 돼 보란 말이야

- 김미경. 언니의 독설. 21세기북스 -

내 삶의 이유, 2020년 눈 내리는 어느 날

Think

🎺 부모님과 자신의 꿈에 관해 이야기한 적이 있나요?

🎺 꿈에 관해 이야기한 적이 있다면 그 당시 부모님은 어떤 반응을 보이셨나요?

🎺 자신의 꿈을 이야기했을 때 당신은 부모님으로부터 어떤 이야기를 듣고 싶은가요?

아이와 꿈에 관해 이야기한 적이 있나요?

아이의 꿈에 대해 이야기할 때 나는 아이에게 어떤 반응을 해 주
고 싶은가요?

엄마 작가

'꿈을 이루기 위해 지금 내가 할 수 있는 게 무엇일까?' 고민하다 글쓰기를 시작했어요. 꾸준함을 무기로 매일 글을 썼어요. 그런데, 글을 쓰면 쓸수록 저는 한없이 작아졌습니다.

'글을 쓰는 사람은 스스로 당당하고 자신만의 확고한 신념이 있어야 하는 거 아닌가?'

'내가 과연 책을 쓸 정도로 무언가를 이루어놓은 게 있을까?'

'나의 평범한 이야기가 책이 될까?'

'과연, 아무것도 아닌 나의 이야기를 독자들이 읽어 줄까?'라는 생각이 머릿속에서 떠나지 않았어요.

인기 연예인이라고 해서 대한민국 국민이 모두 그 사람을 좋아하는 건 아니잖아요. 유명 작가의 책도 마찬가지예요. 유명 작가가 쓴 책이지만 저랑 맞지 않아 재미가 없을 수도 있고, 똑같은 작가가 쓴 책이지만 어느 책은 재미있고 또 어느 책은 재미가 없을 수도 있어요. 각 분야에서 이미 정상에 오른 사람들도 모든 사람을 만족시킬 수는 없어요.

제가 책을 통해 위로받고 꿈을 꾸었던 것처럼, 저 역시 누군가에게 위로가 되고 도움이 되는 책을 쓰는 것이 저의 꿈이었어요. 모든 독자가 만족할 만한 책을 내는 것이 꿈이 아니었어요. 제 꿈에 대해 생각해 보니 마음이 한결 가벼워졌고 글쓰기가 즐거워지기 시작했어요.

'아무것도 이룬 게 없는 내가 책을 내도 될까?' 생각했던 질문은 '아무것도 이룬 게 없는 사람은 책을 쓰면 안 되는 건가?'로 바뀌었어요.
〈나의 직업은 육아입니다〉를 통해 저는, 육아와 살림만 하는 지극히 평범한 엄마도 꿈을 이룰 수 있다는 걸 보여주고 싶어요.

"특별한 것 없는 당신도 꿈을 이룰 수 있습니다."

"특별한 것 없는 제가 작가가 될 수 있던 것처럼요."

누군가 단 한 명이라도 이 책을 통해 위로받고 꿈에 도전한다면, 행복한 인생 아닐까요?

내 삶도 저만큼 높고 아름다웠으면 하고 생각했다.
나는 누구 인생의 무지개가 되면 안 될까?

−이병률, 끌림, 달 −

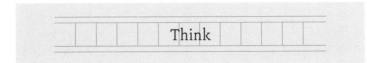

Think

🖍 롤모델이란, 자기가 해야 할 일이나 임무 따위에서 본받을 만하거나 모범이 되는 대상을 말합니다. 당신의 롤모델은 누구인가요?

🖍 그 인물이 롤모델이 된 이유는 무엇인가요?

🖍 그 인물에게 배우고 싶은 점, 닮고 싶은 점은 무엇인가요?

* Dreams come true :
# 이젠 다른 꿈

책 읽기.

온전히 나만의 시간에 할 수 있는, 나를 위한 유일한 행위입니다. 책을 읽고 있으면 누구의 엄마도 아닌, 누군가의 아내도 아닌, 누군가의 딸도 아닌, 바로 나 자신이 되는 시간이죠. 육아와 집안일을 핑계로 책을 한 장도 펴 보지 못한 날이 더 많았어요. 나의 시간을 갖지 못한 날의 허전함은 감출 길이 없었죠.

'오늘은 책을 한 번 펴 보지도 못했네.'

의도적으로 책을 읽기 위해 하루 중 제가 제일 많이 머무는 곳, 주방에 책을 두었습니다. 주방에 쌓여있는 책을 보며 생각합니다.

'도서관 반납일 다가오는데 저거부터 읽어야겠다.'

'아. 맞다. 저 책 뒷이야기 궁금한데 빨리 보고 싶네.'

잠깐이라도 나만의 시간을 확보하는 날의 기분은 상쾌했고 나만의 시간을 전혀 갖지 못한 날은 별거 아닌 아이의 작은 투정에도 예민하게 반응하는 저를 보았어요. 나만의 시간이 결코 나만의 시간이 아닌 가족의 평화를 위해 꼭 필요한 시간임을 확인했죠.

멀미하는 탓에 차 안에서는 책을 전혀 보지 않았는데 이제는 이동 시간이 아까워 멀미하는 순간까지 책을 보기 시작했고, 노트북은 식탁에 켜 두고 오며 가며 틈틈이 생각나는 글을 썼어요. 시간에 지배당했던 저는 시간을 지배하고 있었고, 조금씩 여유도 생기기 시작했죠. 그러자 책들이 저에게 말을 걸어오기 시작합니다.

"이제, 꿈에 도전해 봐. 글쓰기를 시작해 봐."

'책을 내자. 내 책을 내자. 언젠간 내자.'라는 생각이 '글부터 쓰자. 글을 쓰자. 바로 지금!'으로 생각이 바뀌는 순간, 이미 꿈을 이룬 사람처럼 뭔가 해낸 거 같은 기분이 들었어요. 지금, 바로 지금, 시작하기로 마음만 다잡았을 뿐인데 서점에 내 책이 있는 상상을 하니, 화를 낼 일도 화를 낼 이유도 사라졌고 아이들에게도 온화한 엄마가 되었어요.

그런데, 하루 이틀 시간이 지나자 한계가 왔어요. 자투리 시간에 자리에 앉아 책을 쓴다는 건 어려웠어요. 시간을 내서 자리에 앉아 있다고 글이 술술 써지는 것도 아니었지요. 책을 낸다는 설렘으로 마냥 행복했던 저는, 글을 써야 하는 시간이 부족하단 이유로, 글이 써지지 않는다는 이유로, 스트레스를 받기 시작했고 가족에게 표현이 되고 맙니다. 엄마가 스트레스를 받으면 가정에 영향을 미칠 수밖에 없죠. 이런 저의 모습에 실망했지만, 별다른 방법이 떠오르지 않아 남편에게 도움을 구하기로 합니다.

"자기야. 내 꿈이 뭔지 알지?"

"알지. 자기 꿈은 작가잖아. 어이, 이 작가님."

"그래, 나 이제 진짜 작가 되려고. 그래서 매일 매일 글을 쓰려고 해. 그런데 시간이 너무 부족해."

이야기를 듣고 남편은 지원군이 되어 주었어요.

"그럼, 같이 저녁 먹고 자기는 2층 가서 할 일 하고 내려와."

"자기가 애들 씻기고 재울 수 있어?"

"하면 하는 거지. 리아가 엄마 껌딱지라 걱정이긴 하지만 적응 되겠지. 이참에 애들도 아빠랑 더 친해지면 되겠네."

언제나 저를 응원해 주고 믿어 주는 남편이 참 든든합니다.

금연하거나 다이어트를 할 때면 주변에 소문을 내라고 하잖아요. 그래야 주변에서도 도와주고 본인도 말한 게 있어서 더 열심히 하려고 하는 의지가 생기기 때문이죠. 저도 남편에게 저의 꿈을 향한 여정을 이야기했고 남편의 노력이 뒷받침된 이상 여기서 포기하는 건 생각할 수도 없었어요. 아이들도 엄마의 꿈을 응원하는지 아빠와 잘 지내주었어요. 가족의 지지와 응원을 디딤돌 삼아 더 힘차게 날갯짓을 합니다.

꿈이라는 목적지에 도착할 때까지.

,

멀리 나아갈 수 있습니다.
자신이 생각했던 것보다 훨씬 더.

- 파울로 코엘료. 내가 빛나는 순간. 자음과모음 -

사랑해요. 엄마

돈과 시간적 여유가 생긴다면 새롭게 배우거나 해 보고 싶은 것이 있나요?

ex) 미국에서 1년 살아 보기

위 질문의 답에 도전하지 못하고 있는 이유는 무엇인가요?

ex) 의사소통의 두려움. 금전적 문제

✍️ 현실로 앞당길 수 있도록 지금 노력할 수 있는 방법은 무엇이 있을까요?

ex) 영어 공부.
미국에서 내가 수익을 낼 수 있는 방법을 연구하기

✍️ 도전해서 실패하는 것과 도전하지 않고 후회하는 것 중, 어느 것이 더 낫다고 생각하나요?

앞의 답을 이루기 위해서는 앞으로 얼마의 시간이 걸릴까요?

ex) 큰아이가 초등학교 입학하기 전까지

CHAPTER 5

제2의 직업,
꿈에 도전하세요 :

꿈을 공부하는 엄마

* 지금은 커피 수혈이 필요한 시간 :
당신의 꿈 향기

저는요, 시작은 잘하지만 끝까지 가 본 게 별로 없어요. 건설회사에 다니면서 캐드(컴퓨터에 입력된 자료를 이용하여 설계하고, 그 설계에 따라 만든 제품을 그래픽 화면이나 컴퓨터 인쇄물로 볼 수 있도록 하는 방법)를 배우러 다니기도 했었고, 전산회계 자격증도 따 놓으면 좋을 거 같아서 시험까지 응시했어요. 1점 차이로 떨어졌지만 '그 정도면 뭐, 자격증 딴 거랑 마찬가지지.'라는 생각으로 거기서 멈췄어요. 자격증을 꼭 취득해야겠다는 생각은 하지 못했어요. 지금 생각해 보면 참 이해가 안 가지만 저의 배움은 언제나 결실을 보지 못했습니다.

어학연수를 다녀온 경험이 있어요. 영어 공부를 위해 호기롭게 떠났지만, 넓은 세상을 경험하고 온 것에 의미를 두며 마무리되었습니다. 영어 공부를 제대로 하지 못한 게 아쉬워 한국에 와서 토익 시험에 도전했었어요. '토익, 네가 이기나 내가 이기나 보자!'라는 마음으로 토익의 메카라는 강남으로 매일 출퇴근을 했었죠.

3개월간 토익에만 매달렸어요. 영어에 대한 기초지식이 너무 없어서일까요? 점수는 생각만큼 나오지 않았어요. 이때도 저는 '내가 무언가에 이토록 열정을 쏟을 수 있구나. 이 정도면 됐어.'라는 생각으로 마무리 지었습니다.

배우고 싶어서 시작했던 공부들이에요. 그리고 배웠어요. 그게 끝이에요. 목표가 '배움'이었던 거죠. '전산회계 1급 자격증 따기', '캐드 자격증 따기', '토익 800점 이상 맞기'라는 구체적인 목표가 있었더라면 아마 달라지지 않았을까요?

혹시, 커피 좋아하세요?

저는 매일 아침 카페라테를 한 잔 마셔야 눈이 떠질 정도로 커피를 좋아해요. '아, 오늘따라 왜 이렇게 지치고 힘들지?'라는 생각이 들면 그날은 어김없이 커피를 마시지 않은 날이에요. 엄마들끼리는 이를 '커피 수혈' 혹은 '커피약'이라고 불러요.

엄마들이 카페에서 커피 마시며 수다 떠는 것은 일상을 버티기 위한 힘을 기르는 거예요. 재충전의 시간이죠. 아빠들은 이걸 뭐라고 하시면 안 돼요. 커피 한잔, 차 한잔하며 수다 떠는 소소한 휴식이 사라지면 엄마들의 스트레스는 쌓이고 쌓여서 아마, 아빠들이 제일 먼저 힘드실 거예요.

아무튼, 저는 커피를 참 좋아하는데 매일 한 잔씩 사서 먹는 커피값도 무시 못 하겠더라고요. 그래서 집에서 커피를 내려 마셔야겠다고 생각하고 바리스타 수업을 들었어요. 바리스타를 배우는 사람들은 남녀노소 구분 없이 다양했어요. 누군가는 해외로 공부하러 갈 계획인데, 현지 카페에서 아르바이트하기 위해 자격증을 취득하러 왔고, 누군가는 바리스타와 소믈리에가 되어 사업을 하려는 사람도 있었고, 커피숍 창업을 하려는 사람, 또 커피숍을 이미 운영하는 사람도 있었어요.

좋아하는 커피 수업이라 그럴까요? 수업이 있는 날이면 즐겁게 가서 재미나게 수업을 듣고 커피 향 가득 품으며 행복하게 집으로 왔어요. 긴 수업을 마치고 바리스타 이론시험을 먼저 봤어요. 다행히 합격이었고 실기시험이 남았어요. 같이 수업을 들었던 모든 분과 함께 실기시험까지 치렀어요. 몇 명은 붙고 몇 명은 탈락했습니다. 저는 어떻게 되었을까요? 탈락했어요.

바리스타를 배우게 된 이유가 '바리스타 자격증 따기'가 아닌 '집에서 맛있게 커피 내리는 방법 배우기'였고 저는 초기 목표를 달성했죠. 그래서 이번에도 여기서 멈췄습니다. 가정용 커피머신을 사고 취향에 맞는 원두도 골라 직접 볶으며 만족해하는 어느 날, 전화가 왔어요.

"고은 씨, 이번에 실기 재시험 왜 응시 안 했어요?"

"굳이 자격증 없어도 지금 집에서 커피 잘 먹고 있어요. 저 만족해요."라고 답했죠.

"안 돼! 내 수업을 들은 학생들은 단 한 명도 빠짐없이 자격증을 따야 해."

선생님의 목표는 확실했어요. 선생님의 완강함을 외면할 수 없어 저는 시험에 응했고 바리스타가 되었습니다.

커피를 좋아하는 저는,

바리스타가 되었어요.

또, 책을 읽다 보니 독서 모임을 이루고 싶은 욕심도 생겼어요. 제가 책을 통해 위로받았던 것처럼 많은 사람이 책을 통해 위로받고 성장하고, 책과 친하게 지냈으면 좋겠다는 생각이 들었어요.

그러던 중, '독서지도사'라는 자격증을 알게 되었죠. 역시, 시작해야 하나 말아야 하나 고민 하다가 독서지도사 자격증도 취득했어요(나중에 조금 더 깊이 있게 공부할 생각이에요).

독서를 좋아하는 저는,
독서지도사가 되었어요.

20대 시절, 배우는 것에만 목표를 두고 시작했던 공부들은 항상 마무리가 아쉬웠어요. 그런데, 좋아하는 것을 배우기 시작하자 멈추지 않고 계속 나아갈 수 있었던 것 같아요.

처음부터 '나는 작가가 될 거니까 지금부터 글 써야 해.' 생각하고 글을 쓰기 시작한 게 아니에요. 작가가 되고 싶다는 꿈을 마음속에 간직한 채 지냈고, 책을 좋아했고, 독서를 했을 뿐이에요. 특별히 무언가를 준비했다기보다 책을 놓지 않고 살았던 것밖에 없어요.

당신의 꿈은 무엇인가요?

당신은 꿈이 있나요?

책을 읽다 보면 '좋아하는 일을 해라!', '꿈을 향해 나아가라!'라고 얘기하죠. 그러나 대부분 사람은 자신의 꿈을 모르거나 잃어버리고 살아요. 저처럼 마음속 깊이 숨겨 놓고 문을 닫은 채 살아가기도 해요. 질문을 바꿔 볼게요.

당신은 무엇을 할 때 행복한가요?
당신은 무엇을 좋아하나요?

내가 좋아하는 것을 하면서 지내다 보면요, 기회가 와요. 정말이에요. 그 기회를 잡을 수 있게 간직해 온 꿈을 외면하지 않으면 돼요. 당신의 꿈이 현실이 되는 순간은 분명히 옵니다.

삶의 가장 중요한 목적은
내가 행복하고 재미있어하는 일을
발견하는 것이다.

– 김정운. 노는 만큼 성공한다. 21세기북스 –

아무도 없는 평일 오전, 공원에서 소박한 아침식사

하루 24시간 중, 잠자는 시간 빼고 당신은 무엇에 가장 많은 시간을 투자하시나요?

그것에 가장 많은 시간을 투자하는 이유는 무엇인가요?

하루에 2시간의 여유가 더 생긴다고 가정해 봅시다. 그럼 당신은 그 2시간 동안 무엇을 하실 건가요?

* 마음속 미니멀 라이프 :
엄마의 공간

아이들 방에 5단 책장이 하나 있어요. 위쪽 칸에는 제 책을 꽂아두고, 아래쪽에는 바구니를 넣어 아이 기저귀, 가제 손수건, 헝겊 책, 내복, 장난감 등을 채워 넣었어요. 시간이 흐르면서 유아 책과 장난감이 늘어갔고 5단 책장을 하나 더 사게 되었지요. 아이 책과 제 책, 그리고 장난감으로 빼곡하게 채워진 책장을 보니 어수선하기도 하고 답답하게 느껴졌어요.

'아이들 방에는 아이들 물건만 둬야겠다.'라는 생각이 들었고 엄마의 책은 새로운 엄마의 책장으로 이동하였어요.

아이들 방도 정리되었고, 엄마의 책장이 새로 만들어지는 순간이었죠. 그렇게 분리를 마치고 나니 중간중간 공간이 생겼고 책장을 볼 때 답답함이 없어지고 숨통이 한결 트이는 기분이었어요.

그런데요, 사람 마음이란 게 공간이 있으면 채워 넣고 싶어지 잖아요. 그래서 그 공간에 아이들 책을 더 채워 놓기 시작했어요. 이런, 책장이 또 꽉 찼어요. 그러니 또 답답해 보였죠. 꽉 채워진 책장을 보면서 남편과 저는 같은 말을 했어요.

"장난감을 줄이자!"

책을 줄이려니 양심에 찔리더라고요. 요즘 '책 육아'가 대세인데 더 많이 보여 주고 읽어 주진 못할망정 있는 책을 버릴 수는 없더라고요. 그래서 장난감을 줄여서 책장에 숨 쉴 공간을 마련해 주었어요.

채워지고 비워지는 책장이 제 삶과 닮아있다는 생각이 들었어요. 육아와 관련된 물품들이 가득해서 그 어느 것도 비집고 들어올 틈이 없었죠. 누군가의 조언을 들어도 이미 꽉 채워진 제 마음은 그 조언을 받아들일 준비가 되어있지 않았어요. 다른 사람의 마음을 읽어 주고 배려할 여유도 없었어요. 독서라는 취미가 있었지만, 취미 생활을 할 여유 역시 없었어요.

저는 육아로 가득한 제 마음속 책장에서 한 칸을 비우기로 했어요. 아이의 장난감을 매일 소독해야 한다는 압박감을 내려놓았죠.

'일주일에 한 번만 소독해도 괜찮겠지!'

아이가 잠들면 조용히 방문을 닫고 나와 늘어져 있는 장난감을 정리하고, 다음 날 아침, 아이들을 위한 반찬을 만드는 대신, 나를 위한 시간을 갖기로 했어요.

독서를 하면서 육아로 가득했던 저의 마음속 책장엔 점점 공간이 생기기 시작했어요. 오히려 육아에만 전념할 때보다 마음이 편해졌다고 해야 할까요? 이제는 책 육아, 엄마표 놀이에도 욕심내기 시작했어요. 이상하죠? 현실 육아로만 가득했던 제 책장에 지금은 엄마의 취미생활, 엄마표 놀이, 책 육아를 넣었는데도 공간이 남아요. 그래서 새로운 무언가를 계속 채워 넣고 싶어져요.

아무 생각 없이 카페에서 커피 마실 수 있는 시간, 다른 엄마들을 만나서 수다를 떨 수 있는 약간의 사치스러운 삶도 추가했어요. 책장에 새로운 걸 추가할 때마다 제 삶은 더 행복해지기 시작했어요. 지금처럼 꿈을 위해 글을 쓰는 시간도 생겼지요.

저는 잠이 참 많은 엄마예요. 그런 제가 요즘은 하고 싶은 게 많아서 새벽까지 깨어있어요. 누가 시킨 것도 아니고 스스로 좋아서 하는 일을 하니 힘들다기보다 행복하다는 생각이 들어요.

언젠가 나에게 올 새로운 도전을 받아들일 수 있는 공간, 누구에게나 기회는 온다는데 그 기회를 잡기 위해 준비된 공간을 만들어 저는 오늘도 제 마음속 미니멀 라이프를 실천합니다.

작은 빈틈이 마음을 열게 한다

- 이민규. 끌리는 사람은 1%가 다르다. 더난출판사 -

여유롭고 평화로운 아침을 맞이하는 아들

| | | | | Think | | | | |

지금까지 쉼 없이 달려온 '내 마음'에 편지를 한 통 써 볼까요?

('안녕, 내 마음아!'로 시작하면 좋을 거 같아요)

* 내 인생 첫 원고료 :
못 먹어도 고!

육아와 책.

저의 최대 관심사예요. 관심 있어 하는 분야이다 보니 정보도 자주 찾아보는 편이에요. 출판사에서 하는 이벤트나, 지역 육아 지원센터에서 하는 아이와 함께하는 육아 프로그램, 도서관에서 도 유아부터 성인을 대상으로 책과 관련된 다양한 문화 프로그램 을 운영해요.

한 번 지역도서관 홈페이지에 들어가 보세요.

'우리 동네 도서관에서 이렇게나 많은 프로그램을 운영하고 있 었어?' 하는 생각이 절로 들 거예요. 슬프게도 저는 여러 정보를 가지고 있었지만 집에 있는 두 아이와 참가할 수 있는 게 많지 않 았어요.

어느 날은 지역도서관에서 홈페이지에 들어가 보니 '시민 원고 모집'이라는 팝업창이 떴고 조금 더 자세히 알고 싶은 마음에 클릭 후 안내문을 읽었어요.

'서평 원고도 모집하네. 나도 서평 쓸 줄 아는데….'

'소정의 원고료도 준대, 대박이다.'

'가만, 나도 해 볼까? 아무도 지원하지 않을 거 같은데.'

'만약, 지원자가 나 하나면 내가 될 수도 있잖아.'

서평이라면 이미 내가 하고 있으니 어렵지 않게 도전할 수 있다고 생각했어요. 도전해 볼 만하다고 생각하면서도 막상 도전하지 않고 있었죠.

'일단 쓰자. 일단 해 보자. 고민은 이제 그만.'

시민 원고에 지원하기로 마음을 굳히고 나니 이제는 책 선정을 해야 했어요. 책 선정은 내가 잘할 수 있는 육아서로 어렵지 않게 선택했습니다. A4 한 장을 채우는 데 며칠이나 걸렸는지 모르겠어요. 수정하고 또 수정하고 또 수정하고 그러다 마침내 '전송' 버튼을 눌렀어요. 발표까지는 한 달이나 남았어요.

'설마, 내가 되겠어, 안 되겠지'라는 생각이 가득했지만, 웬일인지 발표 날은 기다려졌어요.

안녕하세요. 시립도서관입니다. 도서관 소식지 원고 모집에 원고를 제출해 주서서 감사드립니다. 제출해 주신 원고는 도서관 소식지에 게재될 예정입니다. 원고료 지급을 위해 통장 사본 회신 부탁드리며, 앞으로도 도서관에 많은 관심 부탁드립니다.

'헉! 내가? 정말? 내가? 말도 안 돼! 내가?'

당첨의 기쁨과 믿을 수 없다는 마음이 공존하면서 어찌해야 할 바를 몰랐어요. 휴대전화 속 문자를 보고 또 봤지요. 쉽게 여운이 가시질 않더라고요. 내 인생, 글로써 무언가를 해냈다고 생각하니 어깨가 들썩거렸어요.

내 인생 첫 원고료!

비록 적은 금액이지만 액수는 중요하지 않았어요. 그런데, 내 글이 돈이 되어 돌아오다니 이건 기적이었어요. 며칠 후, 정말 도서관으로부터 원고료가 입금되었죠. 일하면서 받은 월급과는 차원이 다른 느낌이었어요. 이 돈은 나 자신에게 의미 있는 곳에 쓰고 싶었어요. 그러다 최근 계속 눈에 들어왔던 글쓰기 수업이 떠올랐어요. 이런저런 핑계를 방패 삼아 포기했었는데, 시민 원고를 계기로 뭐든 할 수 있을 거 같은 자신감이 생겼어요. 이 원고료를 글쓰기에 투자하면 의미가 있겠다라는 생각이 들었고, 글쓰기 수업이 아른거리는 이 시점에 당첨 문자는 고민 그만하고 시작하라는 개시라고 생각하며 원고료에 개인 비상금까지 털어서 글쓰기 수업에 그리고 저의 꿈에 투자했습니다.

투자는 미래 가치를 보고하는 거잖아요. 저의 미래 가치가 얼마나 될지 아무런 확신도 서지 않았죠. 분명한 건 나의 가치는 내가 만들 수 있다는 사실이었고 지금 시작하지 않으면 두고두고 후회할 거라는 것이었어요. 그렇게 저는 글쓰기 수업을 시작했고 이렇게 글을 쓰고 있습니다. 시작하지 않았으면 후회하고 있을 시간에 글을 쓸 수 있었죠.

도전하기 두려운 것이 있나요?
시작하기를 망설이고 있는 것이 있나요?

그런 당신에게 이렇게 말해 주고 싶어요.
"못 먹어도 고!"

,

인생에는 분명 내가 가진 것보다

또는 내가 이룬 것보다

더 아름답고 더 위대한 일들이 존재한다.

– 쑤린. 어떻게 인생을 살 것인가. 다연 –

그림책 전시장에서 행복한 우리 가족

Think

🔦 인생에 대한 만족도가 10점 만점이라고 할 때, 내 인생에 몇 점을 줄 수 있을까요?

🔦 그 이유는?

* 나의 꿈 :
나의 자존감

'자존감'이란 단어, 들어보셨을 거예요. 〈엄마의 자존감 공부〉, 〈엄마의 자존감 회복 수업〉, 〈엄마의 자존감〉, 〈엄마의 자존감 회복〉 등등 서점에 가면 엄마의 자존감을 높이기 위한 책을 어렵지 않게 찾아볼 수 있어요. 엄마의 자존감이 중요한 이유는 무엇일까요? 바로 엄마의 자존감이 아이에게 영향을 미치기 때문이에요. 엄마인 내가 나를 스스로 가치 있는 사람이라고 생각하고 인정해야 자존감을 높일 수 있어요.

경단녀가 되고 육아만 하던 시절에 저는 자존감이 낮았던 것 같아요. 자존감이 떨어지니 아이들을 대할 때 너그럽지 못했고, 사소한 것에도 예민하게 반응하기 일쑤였어요.

아이를 키운다는 게 결코 쉬운 일은 아니에요. 그런데 왜 집에서 아이를 본다고 하면 논다고 생각하는 사람들이 있는지 모르겠어요. 남편에게 힘들다고 하면 이런 반응이 돌아와요.

"남들 다 하는 건데, 왜 그래?"

남편도 회사일 하면서 힘들어하잖아요. 직장인들도 다 힘들어하잖아요. 남들 다 하는 일인데 남편은 왜 힘들어할까요?

제가 남편과 이야기할 때 제일 힘든 부분이 이거예요.

예를 들면,

"운전하는 거 겁나."

"겁날 거 없는데, 별거 없어."

"난 강아지가 너무 무서워."

"강아지를 왜 무서워해?"

제가 그 상황에서 느낀 감정을 이야기하면 그 감정이 틀렸다고 지적을 하는 거예요. 이럴 때마다 '아! 우리 남편도 육아서를 좀 읽었으면 좋겠다.'라는 생각이 절로 들어요. 제 감정, 그냥 있는 그대로 인정해주면 얼마나 좋을까요?

자존감 높은 엄마가 아이를 잘 키운다는데, 저는 자존감이 낮았어요. 낮아진 자존감을 회복해야 했죠. 나는 육아맘이 아니고 '육아'라는 전문직에 종사하는, 직업이 육아인 사람이라고 생각을 바꾸어 보았어요.

'나의 직업은 육아다!' 마음만 고쳤을 뿐인데, 그 후 놀랍게도 육아에 대한 사명감이 생기기 시작했어요. 내일은 아이들과 무슨 놀이를 하고 놀아 줄지, 어떤 반찬을 만들어 줄지, 간식으로 무엇을 먹을지 생각하며 잠들곤 했어요. 그리고 일어나면 생각했던 대로 밥 주고 놀이도 하고 책도 읽어 주고 간식도 주었죠. 어느 날 아침,

"엄마, 우리 오늘은 뭐 재미있는 거 할 거예요?"

제가 육아라는 직업에 만족하게 되는 순간이었습니다. 육아 스트레스는 줄어들고 육아로 얻는 행복감이 더 커지니 자존감도 높아지고 가정에도 평화가 찾아왔어요. 엄마가 행복해야 가정이 행복하다는 말을 몸소 경험하게 되었습니다.

그리고 제 감정을 있는 그대로 인정해주지 않는 남편에게 "여보, 내 감정이 지금 그렇다고, 그냥 '아~ 그랬어?' 해 줄래?" 아니면, "아~ 그렇구나. 그런데 나는 개가 너무 무섭더라."라고 대답할

수 있는 여유도 생겼어요.

엄마의 삶이 즐거워지고 여유로워지자 나 자신을 돌아보게 되었어요. 아이들이 성장하는 것처럼 엄마인 나 역시 성장해야겠단 생각이 들었고 도전하고 꿈꾸는 것을 두려워하지 않는 엄마가 되어 부끄럽지 않은 엄마가 되고 싶었죠.

자신에게 당당해질 수 있으면 자존감이 올라간다고 해요. 먼저, 스스로 당당할 수 있는 삶을 살아야겠다고 굳게 다짐합니다.

,

당신이 꿈을 그렸으면 좋겠습니다.
그리고 그 꿈을 사랑하면 좋겠습니다.
꿈과 당신이 서로 닮아갈 수 있도록 말입니다.

– 정영욱, 나를 사랑하는 연습, 부크럼 –

햇살 가득한 가을날 떠난 소풍

| | | | | Think | | | | |

✎ 내가 생각하는 '자존감'이란 무엇인가요?

✎ 자존감이 낮다고 느낄 때는 언제인가요?

반대로, 자존감이 높다고 느낄 경우는 언제인가요?

더 나은 내일이 되기 위해 오늘 내가 할 수 있는 행동 한 가지를
써 보세요.

* 어디에 있나요? :
찾으세요

20대에는 자기계발서를 참 많이 읽었던 것 같아요.

좋아하는 일을 해라!
정말 하고 싶은 일이 무엇인가? 답을 찾아라!
1만 시간의 법칙을 적용하라!
습관을 만들어라!
내 가슴을 뛰게 하는 일을 찾아라!
열정을 쏟아라!

좋아하는 일을 업으로 삼고 그 일로 수익까지 낸다면 더할 나위 없겠지요. 하지만 좋아하는 일이 직업이 될 필요는 없어요. 잘

하는 일을 업으로 삼고 좋아하는 일은 따로 하면 되니까요. 그런데, 대부분 사람들은 내가 잘하고 좋아하는 일을 잊고 살아요.

'그래. 나도 내가 잘하고 좋아하는 일을 하고 싶어. 근데 그게 뭘까?'

책상에 앉아 여러 가지 직업을 써 내려갔어요. 종이에 쓰인 직업들을 보며 내가 무엇을 하면 행복할까 고민해 봤어요. 하지만, 앉은 자리에서 답을 찾을 수는 없었어요.

내가 진짜 원하는 게 무엇일까?
나는 무슨 일을 해야 행복할까?

누구나 자신이 좋아하는 것을 위해서는 시간과 비용을 아끼지 않아요. 저는 시간을 쪼개고 쪼개어 책을 읽었고 도서 구입비를 아까워하지 않았어요. 제가 책을 좋아하는 것은, 책을 향한 투자와 시간이 증명해 줍니다.

당신은 어디에 많은 투자를 하시나요?

혹은, 시간이 생기면 무엇을 하고 싶은가요?

저는 여유시간이 생기면 커피가 맛있는 아늑한 분위기의 카페에 가서 책을 보고 싶어요(방금 하게 된 생각인데 저는 북카페를 운영하면 정말 행복하겠어요).

SNS는 내가 관심 있게 보는 분야를 모아서 보여 준다는 장점이 있어요. 그리고 주변 지인들의 이야기에 귀를 기울이면 내가 잘하는 게 무엇인지 알 수도 있어요.

타인의 이야기를 잘 들어주는 친구가 있어요. 그 친구와 이야기를 하면 마음이 한결 편안해져요. 그 친구 역시 상대가 편안해하는 모습을 보며 스스로 뿌듯해해요. 친구를 보면서 상담사가 되면 너무 잘할 것 같다고 생각했어요. 친구가 저에게 "나는 무슨일을 해야 잘하고 행복할까?"라는 질문을 던진다면 "너는 이야기를 잘 들어주고 말도 잘하잖아. 심리학을 공부해서 상담사가 되는건 어때?"라고 이야기해 주고 싶어요.

요리를 정말 예쁘게 하는 지인도 있어요. 푸드 스타일리스트를하면 잘하겠다는 생각을 매번 해요. 그녀의 요리는 잡지에 나오는사진처럼 정말 먹음직스럽거든요.

저는 집을 꾸미는 걸 잘 못해요. 그래서 아기자기하게 집을 꾸며놓은 사람들의 사진을 보며 대리 만족하곤 하죠. 참, 예전에는정리정돈을 곧잘 한다고 생각했는데 요즘 정리정돈을 업으로 삼는 사람들도 있잖아요. 진작 알았으면 정리정돈에 열정을 쏟아서 새로운 길을 개척할 걸 그랬나 봐요.

가끔은 나보다 주변 사람들이 나를 더 잘 알 수도 있어요.

나의 소중한 지인들에게 물어보세요.

"나는 무슨 일을 해야 행복한 마음으로 잘할 수 있을까?"

그리고, 어딘가에서 방황하고 있는 당신을 꿈을 찾으세요.

당신의 꿈은 어디에 있나요?

내가 무엇이 될까라는 생각보다,
어떤 사람이 되어 어떤 생을 살 것인가를 먼저 생각하는
그런 젊은 날을 가지기를 바란다.

- 공지영. 네가 어떤 삶을 살든 나는 너를 응원할 것이다. 오픈하우스 -

엄마가 되기 전, 당신의 관심 분야는 무엇이었나요?

ex) 패션

지금 당신이 가장 관심을 두는 분야는 무엇인가요?

ex) 아기 패션

엄마가 되기 전과 지금의 관심 분야가 같지 않다면 변화된 이유는 무엇이 있을까요?

ex) 살이 쪄서 내 옷에는 관심이 없어졌다.

엄마가 되기 전과 지금의 관심 분야의 공통점이 있나요?

당신의 관심 분야를 조금 더 생산적으로 활용할 수 있는 방법에는 어떤 것이 있을까요?

ex) 패션! — SNS로 아기 옷 공동구매를 한다.

육아를 통해 꿈을 찾게 되다

"애들아, 이제 잘 시간이야. 읽고 싶은 책 3권씩 가지고 와."

그때부터 아이들은 분주해지기 시작해요.

첫째는, 잠자리 독서에 함께 할 책을 3권을 고르는 데 집중하고 둘째는, "많이, 많이"를 외치며 그 작은 고사리 같은 손으로 들 수 있는 최대치의 책을 들고 와요.

"로이 오빠, 도와줘. 리아 무거워."

"알았어. 리아야, 근데 이거 3권 아니잖아."

"이거 많이야. 나 많이 읽을 거야."

책 나르기를 몇 번 더 반복한 후 침대에 책이 쌓여야 비로소 잠자리 책 선정은 끝이 나요. 이제 같이 잘 인형 친구들을 골라 옵니다. 어느 날은 강아지 인형, 어느 날은 코끼리 인형, 또 어느 날은 엘사 인형을 들고 와요. 그렇게 책과 인형을 가지고 온 후에야 잠들기 준비는 마무리가 됩니다. 이제 아이들이 가지고 온 책을 읽어 주기 시작해요.

"이제 3권만 더 읽고 불 끄고 잘 거예요."

3권을 더 읽은 후 불을 끕니다.

"Good night."

"잘 자."

하루 일과가 마무리되는 단어 'Good night.'

'Good night.'을 말한다는 건, 이제 아이들을 재운 후 나만의 육퇴 시간을 갖는다는 의미예요.

'아. 오늘 하루도 무사히 마무리했구나. 이제 애들 재우고 나만의 시간을 가져야지.'

남매들은 그런 엄마 마음도 모르고 잘 생각이 없는지 뒹굴뒹굴하며 신나게 웃고 떠들어요.

"밤에는 시끄럽게 하면 안 돼요. 쉿! 조용해야 해요. 엄마는 먼저 잘 게요."

이제 저는 연기자가 됩니다. 자는 연기를 길게는 2시간, 짧게는 30분을 해야 해요. 오늘은 30분 정도 지나자 조용해졌어요.

'이제 자려나 보다.'라는 생각이 들 때, 두 아이가 자는 척 연기를 하는 엄마의 볼에 뽀뽀해줍니다.

"사랑해."

직장인들은요, 한 달 일하고 나면 월급으로 보상을 받아요. 가끔 보너스를 받는 경우도 있긴 하지만 금전적인 보상일 뿐이죠.

제 직업은 육아인데요, 저는 월급으로는 값어치를 환산할 수 없을 만큼의 보상을 매일매일 받아요. 바로, 아이들의 무조건적인, 조건없는 사랑입니다. '엄마이기에, 엄마니까, 엄마라서' 가능한 거예요. 아이들이 주는 사랑은 너무 크고 깊어서 헤아릴 수 없지요. 과연 제가 그 사랑의 반이라도 되돌려 줄 수 있을까요? 받는 사랑에 비해 주는 사랑이 적다는 생각이 들어요. 더 많이 사랑해 주고 더 많이 아껴 주고 더 많이 함께하며 제가 가진 사랑보다 몇 배는 더 줄 수 있는 엄마가 되어야겠어요.

이 세상에 엄마라는 직책보다 위대한 게 있을까요?
이 세상에 육아라는 직업보다 소중한 게 있을까요?

엄마인 당신은, 그 존재만으로도 위대합니다.

육아로 사랑받아 보세요.

엄마인 당신의 삶을 응원합니다.

좋은 엄마의 자격 같은 건 없습니다.

– 박재연, 엄마의 말하기 연습, 한빛라이프 –

2020년 우리가족의 연말 파티

| | | | Think | | | | |

🖎 엄마라서 행복하다고 느낄 때는 언제인가요?

🖎 엄마라는 직업을 어떻게 생각하시나요?

부 록

성장하는 엄마되기

* 존중하는 부부

"우리는 의리로 살잖아."

"맞아. 우리도 전우애로 살아."

너무 사랑해서 죽고 못 살아서 결혼했는데 이젠 의리로 전우애
로 함께 산다고들 합니다. 애들 때문에 어쩔 수 없이 산다고 하는
날이 오는 건 시간문제겠죠.

사랑해서 같이 산다는 말이 쑥스러워서 못하는 걸까요? 정말
의리로 사는 걸까요? 선뜻 대답하기가 어렵습니다. 그럼, 나는 왜
남편과 결혼했을까요? 사랑해서 결혼했어요. 너무 당연하죠.

사랑. 의리

나와 남편. 우리 부부는 사랑과 의리 그 중간 어디쯤 있을까요?

나와 가장 가까운 사람, 남편.

남편과 다투기라도 한 날은 온종일 기분이 좋지 않아요. 그 안 좋은 기분으로는 아무것도 손에 잡히질 않죠. 책을 읽어도 눈으로 글씨만 볼 뿐 머리에 들어오지도 않고 아이들에게도 본의 아니게 무뚝뚝하게 대꾸하게 돼요. 직장에 가 있는 남편도 저와 다르지 않을 거라 생각됩니다.

그럼 서로에게 좋은 점이 하나도 없는 상처만 주는 이 다툼을 왜 하는 걸까요? 생각해보면, 대부분은 '이 정도는 해야 하는 거 아니야?' 하는 당연함이 다툼의 원인이었어요. 그 당연함의 기준점이 서로 다르기 때문이죠.

배우자로서 당연히 해야 하는 것은 무엇인가요? 배우자가 해야 할 일이라는 메뉴얼이 있기라도 한 것처럼 우리는 너무도 당연히 상대에게 무언가를 요구합니다. 정말 당연한 건가요?

다시 질문해볼게요.

당신은 왜 남편과 결혼했나요?

사랑해서? 아니면 내가 생각한 배우자의 임무를 완벽하게 수행할 수 있을 것 같아서?

당연히 해야 하는 건 없습니다.

물론, 폭력이나 폭언 등 당연히 하지 말아야 하는 것은 있죠.

남편에게 당연함을 요구하지 마세요. 오히려 당연하게 해 왔던 것들에 대해 감사함을 표현하세요.

"여보, 직장생활 힘들지? 그래도 우리 생각해서 참고 일하는 거 고맙게 생각해."라고 말해보세요. 말하기 참 쑥스럽기도 하고 왜 내가 먼저 말해야 하나 억울한 마음이 들어도 용기를 내어 말해보세요. "왜 그래? 뭐 잘못 먹었어?" 혹은 "무슨일이야?"라는 대답이 나오겠지만, 속으로는 분명 좋아할 거에요.

몇 번 더 하다 보면 "당신도 집안일 하며 아이들 보느라 고생이 많아."라는 대답이 돌아오는 날이 올 겁니다. 물론 이 대답을 바라고 감사함을 표현해서는 안 되겠죠.

당연함을 감사함으로 바꾸세요.

그리고 표현하세요.

서로를 존중하는 부부관계는 행복한 가정의 밑거름이 됩니다.

* 엄마의 시간관리

아이들 등원시키고 집에 오니 이곳이 정녕 우리 집이 맞나? 전쟁터는 아니었나? 라는 생각이 듭니다. 어수선한 집을 보고 있자니 한숨부터 나오죠. '휴~' 이 광경을 보고는 그대로 둘 수 없어 정리를 조금 하다 보니 배꼽시계는 배가 고프다고 하네요. 시계를 보니 벌써 점심때가 훌쩍 지나있어요. 부랴부랴 대충 밥을 먹고 나면 아이들이 돌아올 시간입니다.

난 아무것도 한 게 없는 데, 하루가 끝나버렸어요.

아이를 등원시키고 특별히 한 것도 없는 데 하원 시간이 다 된 경우. 많은 엄마가 공감하실 거예요.

아이가 어린이집, 유치원에 가 있는 동안 엄마는 무얼 했나요?

분명 엄마는 쉬지 않고 집안일을 했지만 늘 그렇듯 집안일은 티가 나지 않습니다.

가만히 생각해보면 엄마도 하고 싶었던 게 분명히 있었어요.
아이들 어린이집에 보내면 뭐든 할 수 있을 것 같고 뭐든 시작하려고 했죠. 아이 둘을 가정보육 했던 저는 농담으로 이런 말을 종종 했어요.
"아이들이 어린이집에 다니면, 고시 공부도 할 수 있을 거 같아."

지금 이 글을 읽고 있는 당신도 혼자 있는 시간이 생기면 분명히 하고 싶었던 게 있었을 겁니다. 취미생활을 시작하거나 자격증 공부를 하려고 생각했을 수도 있어요. 그런데 막상 아이들 없을 때 후다닥 집안일을 하고 싶은 마음에, 그냥 좀 쉬고 싶은 마음에 그 기억을 잠깐 잊어버렸을 뿐이에요. 기억을 더듬어보세요. 나는 이 시간에 무엇을 하려고 했을까요?

시간은 한정적인 자원이에요. 그래서 늘 부족하죠.
시간 관리는 누구나 해야 합니다. 성공한 사람들의 시간 관리법이나 최고경영자들의 시간 관리법에 관한 책은 많이 보이는 데 평범한 엄마의 시간 관리법에 관한 책은 왜 안 보이는지 모르겠어요. 제 눈에는 성공한 사람, 최고경영자를 키우는 우리 엄마들의 시간 관리가 더 중요해 보이는 데 말이죠.

엄마 시간 관리의 핵심은 살림은 줄이고 엄마가 성장할 수 있는 시간을 확보하는 것입니다.

- 오늘 꼭 해야하는 일
  : 우유사기, 청소기 돌리기
- 내가 하고 싶은 일
  : 자격증 공부, 운동
- 오늘 꼭 하지 않아도 되는 일
  : 빨래하기, 책장 정리하기

- 아이가 하원 전에 해야 하는 일
  : 자격증 공부, 운동
- 아이가 하원 후에 해도 되는 일
  : 우유 사기, 청소기 돌리기,
  빨래하기, 책장 정리하기

오늘 꼭 해야하는 일과 꼭 하지 않아도 되는 일, 내가 하고 싶은 일을 정리해보고 다시 아이가 하원 전에 해야 하는 일과 아이가 하원 후에 해도 되는 일로 나누어 봅니다. 꼭 해야 하는 일과 하지 않아도 되는 일은 상황에 따라 다를 수 있어요.

저는 엄마들이 자신을 위해 시간을 사용하길 바라는 마음으로 계획을 짜보았어요.

9시 ~ 9시 30분	등원
9시 30분 ~ 11시	운동
11시 ~ 11시 30분	귀가(귀가 시 우유 사 오기)
11시 30분 ~ 12시	샤워
12시 ~ 1시	점심 식사 및 집안일
1시 ~ 3시 30분	자격증 공부하기
3시 30분 ~ 4시	하원

점심 식사가 길어지면 과감하게 집안일은 뒤로 미루세요. 조금 빡빡해 보이기도 하지만, 일주일만 해보세요. 일주일을 지내다 보면 내가 생각했던 시간보다 오래 걸릴 수도 적게 걸릴 수도 있어요. 나만의 시간을 확인한 후 다시 계획할 때는 시간에 쫓기지 않도록 조금 여유롭게 잡으면 좋아요. 여유를 가지고 시간을 보내야지 역으로 시간에 지배당하면 제대로 일을 마칠 수가 없거든요.

살림하느라 아까운 시간을 보내지 마세요. 나 자신을 위한 시간을 확보하세요. 살림은 잠시만, 안녕.

* 자유부인

'자부'라는 말 들어보셨나요?

'자유부인'의 줄임말입니다. '자유'의 사전적 의미를 검색해보면 외부적인 구속이나 무엇에 얽매이지 아니하고 자기 마음대로 할 수 있는 상태를 말합니다.

무엇에도 얽매이지 않고 자기 마음대로 할 수 있는 상태.

엄마는 이 자유를 누리기가 참 어려워요. 그래서 '자부'라는 신조어까지 나온 게 아닌가 싶어요.

어느 엄마가 아이들과 함께 있는 시간이 행복하지 않겠습니까? 저 역시 아이들과 함께 있는 시간이 행복하고 소중해요. 자유부인을 갈망한 적이 한 번도 없어요.

그런 제가 자유부인을 하게 된 적이 있었어요. 동네 엄마들과 카페에서 커피 마시며 이런저런 이야기를 나누는 소소한 일상이 었는 데, 옆에 아이들이 없으니 허전하기도 하면서 편하기도 하고 입가에는 미소가 떠나질 않는 저를 보게 되었어요. 또 한 번은 지인들과 술자리를 가졌는데, 아이를 낳고 저녁 시간에 혼자 외출을 해본 게 처음이라는 사실에 놀랐어요. 그러자 그 사실만으로 설렜고 또 입가에 미소가 지어지는 저를 발견했죠.

아이들을 두고 남편을 떠나 혼자 무엇을 하고 싶은 생각이 없었지만, 막상 혼자 무언가를 하고 나니 휴가를 받은 기분이었어요. 누구나 휴식이 필요해요. 엄마라는 직업은 주말도 없죠. 아니 오히려 주말이 더 힘들다는 엄마들도 있어요.

모든 사람에겐 휴식이 필요하지만, 엄마는 그런 휴식시간을 만들기가 쉽지 않아요. 그렇지만, 누구 보다 쉼이 필요한 엄마들이에요. 스스로 쉼을 선물해야 합니다.

가끔은 자유부인이 되어보는 것. 어떠세요?

* 단순한 선택

사람들은 선택하면서 살아간다고 하죠. 인생은 정말 매 순간이 선택이에요. 다들 지금도 무언가를 선택하고 있고 선택을 해야 하는 상황에 놓여있을 것에요. 저는 지금 '둘째 어린이집을 어디로 보낼 것인가?'에 대한 선택의 길에 놓여있어요.

선택의 길에 있을 때는 선택지에 대한 정보가 있어야 해요. 확실한 정보가 없으면 고민만 하게 됩니다. 가만히 고민하는 시간에 필요한 정보 먼저 수집해보는 거예요.

'나는 어떤 어린이집에 둘째를 보내고 싶은 것인가?' 생각하며 어린이집 체크리스트를 만들었어요.

	A	B	C
첫째 유치원과의 동선	•	•	
보육 중심		•	•
특별활동 여부	여	부	부
한 반 인원수	14	4	4

머릿속으로 나열했던 것들을 한눈에 볼 수 있게 만들어서 비교해보니 답이 바로 나왔어요. 이 표를 보고 계속 고민한다는 건 시간 낭비라는 걸 알 수 있었죠. '답이 나와 있는 데 왜 결정을 못 하고 고민하는 거야?'라고 표가 말해주는 거 같았어요.

저는 처음 기관에 다니는 아이이기에 보육 중심으로 여러 친구가 있는 곳보다 인원수가 적어 조금 더 세심하게 보살펴줄 수 있는 곳, 코로나19로 예민한 상황이다 보니 특별활동은 당분간 진행하지 않는 곳을 원하고 있었어요. 첫째 유치원과의 동선 역시 매우 중요한 문제지요. 그럼 B 어린이집에 보내야 한다는 결론이 나와요.

계속 고민을 할 필요가 없는 거죠. 무의미한 고민에 시간을 허비하지 않을 수 있었습니다. 선택이 어려울수록 단순하게 생각해보는 것도 방법입니다.

* 엄마의 자존감

자존감은 자신을 가치 있고 소중하다고 믿는 마음을 말해요. 다시 말해 나 자신을 사랑하고 자신을 스스로 괜찮다고 느끼면 자존감이 높다고 하고, 반대로 자신의 약점만 보며 항상 위축되어 있는 사람들은 대게 자존감이 낮다고 표현합니다. 자존감은 행복한 삶을 살기 위한 중요한 수단 중 하나에요.

당신은 자존감이 높습니까?
나의 자존감에 대해 생각해본 적이 있습니까?

한 번도 생각해본 적이 없다면, 이 기회에 가만히 생각해보세요.
나는 자신을 가치 있다고 생각하는가?

나는 나를 사랑하는가?

타인과 나를 비교하며 위축되는가?

내가 하는 일에 만족하는가?

타인의 성공을 질투하는가? 축하해 주는가?

자존감이 낮다고 걱정할 필요는 없어요. 자존감은 높아질 수 있습니다. 인터넷 검색만 해봐도 자존감 높이는 방법은 아주 쉽게 찾아볼 수 있어요. 자신의 장점을 찾고 타인과 비교하지 않고 감사하는 마음을 가지고 긍정적으로 살면 자존감이 높아진다고 해요.

저는 엄마들의 자존감을 높이는 방법으로 자기계발을 권하고 싶어요. 24시간을 바쁘게 살아가는 엄마들에게 1시간의 추가 시간이 주어진다고 가정해봅시다. 이 추가 시간은 본인의 자기계발을 위해서만 쓸 수 있다면, 당신은 그 시간에 무엇을 하실 건가요? 대단하고 큰 꿈이 아니라도 좋습니다. 오히려 당장 시작할 수 있는 작은 일이 더 효과적일 수 있어요. 대답이 나왔나요?

엄마 자존감의 깊이는 아이에게 영향을 주게 되어있습니다. 하루 10분이라도 위 대답을 실천하는 시간을 꼭 가져보시길 바랍니다.

* 꿈에 한걸음

'10년 후에 작가가 되어야지.' 는 마음속에 있던 꿈이었어요.

10년 후라는 기간을 잡았고 그 후로 10년이 흘렀지만 꿈은 이루어지지 않았습니다. 다시 '마흔 살이 되면 작가가 되어야.'라고 목표를 수정했을 뿐이지요.

원대한 목표를 설정하면 다가가기 어렵고 당장 무엇부터 시작해야 할지 모르게 마련입니다. 반드시 작은 세부목표를 잡아야해요.

작가가 되는 데 나에게 필요한 역량이 무엇인지 먼저 찾아보는거죠. 꿈은 품고 있으면 밖으로 나오지 못해요.

목표	소설작가 되기
필요 역량	다독 필력
세부 목표	책 많이 읽기 소설 책은 더 많이 읽기 글 많이 써보기
구체적 목표	책 한 달에 2권 읽기 (짝수 달은 소설책, 홀수 달은 글쓰기책, 나머지 한 권은 자유 책으로 선정하기) 블로그나 브런치에 글 올려보기 일기쓰기 필사하기
매일 할 일	하루 10페이지 이상 독서하기 그 중 마음에 와닿는 문장 필사하기 잠들기 전에 일기쓰기
1년 이내 해야 할 일	블로그에 글 연재하기 브런치 작가되기

이렇게 구체적으로 목표를 설정하면 '작가 되기'라는 큰 꿈보다는 당장 오늘 해야 할 일이 더 급하죠. 매일 할 일을 실천하다 보면 습관이 돼요. 습관이란 무섭습니다. 습관이 되면, 처음에는 꽤 오래 걸리던 일들도 점점 시간이 단축돼요. 매일 할 일에 적응이 되면, 해야 할 일을 시작하는 거예요. 매주 수요일 블로그에 글 연재한다는 새 목표를 설정하고 브런치 작가에도 도전하는 거죠.

목표 자체가 작아도 돼요. 감사일기를 써야겠다는 목표를 세우신 분들도 많을 거예요. 그러면, '매일 감사한 일 3가지를 SNS에 업로드하기' 혹은, '감사일기 노트를 사서 매일 적기'라는 구체적 목표를 세워 시작하면 돼요.

하루가 모여 한 달이 되고 그 한 달이 모여 1년이 되고 2년이 되고…. 그 시간이 모이면 당신은 당신이 목표로 삼았던 그곳에 와 있을 거예요.

* 행복한 내일

만약에, 내일 지구가 멸망한다고 한다면 어제와 같은 오늘을 살 수 있을까요? 사람들은 내일에 대한, 미래에 대한 희망을 품고 살아요.

'내일은 오늘보다 장사가 잘되겠지.'
'내년에는 올해보다 경제가 좋아지겠지.'
'조금만 더 치료받으면 완치될 수 있겠지.'
'5년 후에는 내 집을 마련할 수 있겠지.'

이런 희망들을 알게 모르게 마음속에 품고 살아가고 있고 그 희망들이 바로 오늘을 살아가는 원동력이기도 합니다.

매티 스테파넥을 아시나요? 태어날 때부터 근육이 퇴화하여 점점 죽음에 이르는 근육성 이영양증이라는 병을 앓고 휠체어와 인공호흡기에 의지해 살아야 했던 미국의 꼬마 시인입니다. 하루 하루 죽음의 문턱을 향하는 이 아이에게는 희망과 꿈이 있었어요. 그중의 하나가 시집을 내는 것이었죠. 죽음에 이르는 병을 앓고 있었지만 꿈을 간직했고, 그 꿈을 이룰 수 있다는 희망을 품고 시를 썼어요.

아, 놀라워라 _ 매티 스테파넥

아침이면 자리에서 일어납니다
나는 살아있습니다
나는 숨을 쉽니다
나는 진짜 살아있는 아이입니다
정말 놀랍습니다

만약, 병을 앓고 있다는 이유로 아무런 희망도 품지 않고 내일을 기대하지 않았다면 이 아이의 삶은 어땠을까요? 매일 매일 죽음을 기다리는 것 말고 할 수 있는 일이 있었을까요? 매티 스테파넥은 시집을 냈고 이 시집은 베스트셀러가 됩니다.

당신은, 어떤 내일을 맞이하고 싶으신가요?
당신은, 어떤 미래를 맞이하고 싶으신가요?

행복한 내일을 꿈꾸는 사람이 행복한 오늘을 살 수 있습니다.
엄마인 당신이, 행복한 오늘을 살았으면 좋겠습니다.

책 읽는 엄마로 지낸 지 5년, 이제 글 쓰는 엄마 작가의 길로 꿈꾸던 인생을 향해 가고 있어요.

꿈에 도전하는 동안, 책을 내기 위해 글을 쓰면서도 '내가 정말 작가가 될 수 있을까?' 의구심을 품었더랬죠. 하지만 꿈을 향해 가고 있다는 사실만으로 '아, 행복이란 이런 거구나.' 느낄 수 있었어요. 마음에 평화도 찾아왔어요.

'내 이름으로 책 한 권 내기'가 꿈이었던 저는, 꿈을 이룬 엄마가 되었어요. 이뤄지지 않을 것 같던 꿈이 현실이 되고 나니, 이제는 무엇이든 도전할 수 있는 용기가 생겼고 또 다른 꿈을 품을 수 있게 되었어요.

이 책 한 권으로 제 삶에 큰 변화가 올 거라고 생각하지 않아요. 지금처럼 평범한 엄마의 삶을 살겠죠. 하지만 이 책이 제 인생의 터닝 포인트가 될 거라 믿어요. 더 나은 내일을 위해, 더 멋진 나를 위해, 부끄럽지 않은 엄마가 되기 위해 오늘도 저는 제 인생의 주인공이 되어 살아가고 있어요.

매일매일 하는 일들이 쌓이면 그 일들이 미래에 영향을 미친다고 합니다. 책을 읽던 지난 시간이 쌓여 작가가 될 수 있었어요.

당신의 꿈을 위해 당신은 오늘 무엇을 하실 건가요? 바로 오늘이 당신의 꿈을 향해 나아가는 희망찬 하루가 되길 바랍니다. 이 책이, 마음속에 품고 있던 당신의 꿈을 꺼내 보는 계기가 된다면 좋겠습니다.

마지막으로 이 책이 세상에 나올 수 있도록 응원과 지지를 아끼지 않은 남편에게 감사한 마음을 전합니다.

"당신이 아니었으면 꿈을 이룰 수 없었을 거야. 당신이 내 남편이라는 게 얼마나 든든한지 몰라. 고마워, 그리고 사랑해."

나의 직업은 육아입니다

초판인쇄	2021년 3월 24일
초판발행	2021년 3월 31일

지은이	이고은
발행인	조현수
펴낸곳	도서출판 프로방스
마케팅	최관호 신성웅
편집	권 표
표지 디자인	김나영

주소	경기도 고양시 일산동구 백석2동 1301-2 넥스빌오피스텔 704호
전화	031-925-5366~7
팩스	031-925-5368
이메일	provence70@naver.com
등록번호	제2016-000126호
등록	2016년 06월 23일

정가 15,800원

ISBN 979-11-6480-123-7 03810